双葉文庫

蘭方医・宇津木新吾

刀傷

小杉健治

目次

蘭方医・宇津木新吾　刀傷

第一章　怪我人

一

文政《ぶんせい》十二年（一八二九）六月十七日。夕暮れになってヒグラシがかまびすしいほどに鳴いている。

常盤《ときわ》町二丁目にある『蘭方医村松《むらまつ》幻宗《げんしゅう》』の施療院はきょうも患者でいっぱいだった。

ここは薬礼をとらない。その代わり、患者には施療院まで足を運んでもらう。ここに足を運んでもらえれば、たくさんの患者に対応出来るからだ。

往診は寝たきりか起き上がれない患者の家に行くだけだ。早めに手当てすれば悪化させずに済むものも、貧しい人々は金がないから医者にかかれない。そこで、幻宗はこの施療院を開いたのだ。

もちろん、診るのは貧しい人々だけではない。金持ちであっても同じように薬札はとらない。

新吾《しんご》はこの日、幻宗に知らせたいことがあり、最後の患者の診察を終えてから、先に診療を終えた幻宗のところに赴《おもむ》いた。

ところが幻宗は鬢《びん》に白いものが目立つ武士と向かい合っていた。老武士が懸命に何かを訴えていた。

「わかりました。伺いましょう」

幻宗は言い、

「新吾」

と、新吾に気づいて声をかけた。

「はい」

「往診だ。施術の支度《したく》を」

「わかりました」

「おしんい。そなたにも手伝ってもらう」

助手のおしんにも声をかけ、あとを見習い医師の棚橋三升《たなはしさんしょう》に託し、あわただしく支度をした。

薬籠《やくろう》を新吾が持ち、老武士とともに施療院を出た。

駕籠《かご》が用意されていたが、幻宗は乗らなかった。そのせいか、老武士も歩き、空駕籠が二丁ゆっくりあとからついてきた。

下弦の月はまた雲間に隠れて辺りを暗くしていた。たくましい体つきの中間が提灯《ちょうちん》で幻宗と老武士の足元を照らして先に立つ。

高橋《たかばし》を渡り、小名木《おなぎ》川沿いを東に行く。歩きながら、老武士はしきりに幻宗に何か話している。後ろを行く新吾の耳に声は届かなかった。

横川《よこかわ》に突き当たる手前の屋敷の前で立ち止まった。中間が潜り戸を叩くと、やがて戸が開いた。

老武士と幻宗に続いて、新吾も中に入る。

大名の下屋敷だ。中はひっそりとしていた。玄関に待っていた若い武士が老武士に低頭する。

「幻宗どのだ。案内を」

「はっ」

若い武士はすぐに、

「どうぞ、こちらでございます」

と、案内に立った。

暗い廊下を奥に向かう。二度廊下を曲がったあと、若い武士は立ち止まった。

「こちらでございます」

そう言い、襖《ふすま》を開けた。

部屋の真ん中にふとんがあり、男が仰向けになっていた。枕元にいた医者らしい年配の男が立ち上がった。

「幻宗どのでございますな。私は、門前仲町《もんぜんなかちょう》で開業しております福山良安《ふくやまりょうあん》にございます」

「あなたが良安どの?」

幻宗が声をかけた。

「はい。お呼び立てして申し訳ござらぬ。さっそく」

「では」

幻宗は枕元に座った。

男は三十半ばの鼻筋の通った気品のある顔だちだ。額に汗をかき、小さく呻《うめ》いている。腹部に巻いた晒《さらし》に血が滲んでいた。

良安という医師は深刻な表情で、

「止血薬を塗ったが、治まらぬ。だんだん息が細くなっているのだ」

と、うろたえた声で言う。

お湯を桶に入れて持ってこさせた。

幻宗は晒をはぎ取り、止血薬を塗った布もはがし、おしんから受け取った手拭いで血を拭き取る。何度も替え、たちまち桶の湯は赤く染まった。

二寸（約六・六センチ）ほどの傷口だが、深く刺されたようだ。

新吾が手燭《てしょく》の明かりを近づける。幻宗は家来の若い侍ふたりに患者の肩と足を押さえさせた。

幻宗は患者に麻酔剤ではなく幻宗が調合した鎮痛薬を飲ませた。次に液で傷口の周囲を拭く。患者の肩が動いた。ふたりの侍が必死の形相で力を込めて押さえつける。

幻宗が麻酔薬を使わなかったのは、まだ麻酔薬には毒性が強く、その危険を避けるためだ。

文化《ぶんか》元年（一八〇四）に紀伊《きい》の医者華岡清州《はなおかせいしゅう》が全身麻酔剤を作ることに成功した。

だが、『通仙散《つうせんさん》』というその麻酔剤の製法は清州の弟子の間で秘密にされて門外不出であった。幻宗は教えを請いに紀州まで出向いた際に半年近く通いつめてやっと調合する薬草を教えてもらったという。

その薬草の中に毒性の強いトリカブトがあり、幻宗はよほどのことでない限り、『通仙散』を使わなかった。もちろん、その間にも、幻宗は新しい麻酔剤を作っていたが、使用には慎重で、まだ試したことはないのだ。

幸いなことに内臓にまで傷は達していないようだった。

おしんが糸を通した小針を幻宗に渡す。鎮痛剤が効くまで待たず、幻宗はすぐに縫合をはじめた。いつもながら、素早い手の動きだった。針が食い込み、腹から抜けるたびに患者が暴れ、ふたりの武士が押さえつけた。

やがて、患者の激しかった動きが静かになった。幻宗が考え出した鎮痛剤がききはじめてきたのだ。

縫合を終え、新吾が代わって傷口に薬を塗り、晒を巻いた。施術から半刻（一時間）ほど経過していた。

「幻宗どの。いかがでしょうか」

老武士が心配そうにきく。

「良安どのの手当てがよかったので、問題はありません。しばらく、安静にしておかねばなりませんが、もう心配はいりません」

「そうでござるか。かたじけない」

老武士は安心したように頭を下げた。

「幻宗どの。助かった」

良安が声をかけた。

「良安どのの適切な手当てがあったからです」

幻宗は良安をたたえた。

「恐れ入る」

良安は頭を下げた。

「膏薬を置いていきます。明け方にでもお取り替えください」

幻宗は新吾に膏薬を取り出すように命じた。

「どうぞ、別間でお休みくだされ」

酒肴を用意しているという老武士の誘いに、

「いや、もう引き上げませぬと。何もないと思いますが、もし何かあれば、すぐにお知らせください」

幻宗はそう言い、もう一度、怪我人の様子を確かめて、

「では、明日の朝、様子を見に来ます」

「して、薬礼のほうはいかがしたら？　あとで、まとめて支払いをいたしましょうか」

老武士が新吾にきいた。

「いえ、幻宗先生は薬礼はいただきません」

「いらないと？」

「はい。一切受け取りません。これはどのような患者さんでも同じです。失礼いたします」

先に廊下に出た幻宗とおしんを追って、新吾は部屋を出た。

老武士に見送られて、屋敷をあとにした。

「先生、あのお方はどなたでございましょうか」

小名木川沿いを歩きながら、新吾はきいた。

「患者が誰だろうが、どうして怪我をしたのかなども関係ない。目の前の患者に手を差し伸べるだけだ」

幻宗はきっぱり言う。

「はい」

新吾は素直に頷《うなず》いて、

「良安先生をご存じなのですか」

「名前は聞いている。門前仲町に住む漢方医だ」

下屋敷に呼ばれているのだから、良安は藩医であろう。幻宗は良安が何藩の藩医か知っていれば患者が何者なのか、当然想像がついているはずだと思った。

新吾の懸念は、患者の傷である。何者かに刺されたものだ。おそらく、脇差であろう。脇差で突いたらあのような傷になる。

刃傷沙汰《にんじょうざた》があったとしたら、斬った人間はどうなったのだろうか。

いずれにしろ、深い事情が隠されている。あの患者が藩主につながる者だとしたら、その事情はかなり深刻なものではないかと想像された。だが、医師がそのような事情に深入りする必要はない、いや深入りしてはならないのだ。

「先生、明朝、私がいまの患者の様子を見に行きましょうか」

新吾は進んで言う。

「しかし、明日は向こうであろう」

新吾が幻宗の施療院にやって来るのは一日置きで、あとは小舟町二丁目にある義父順庵《じゅんあん》の医院で診療を当たることになっていた。

「はい。傷の様子を確かめてから、また引き上げます」

「なら、そうしてもらおう」

幻宗は素直に応じた。

「はい」

いったん、常盤町の施療院に戻って、着替えてから、

「では、明日参ります」

「そういえば、何か話があるということだったが」

幻宗が思いだして言う。

「いえ。急用ではございません。また改めてお話をさせていただきます」

夜も遅いので、新吾は遠慮し、幻宗に挨拶をして施療院を出た。すっかり人通りの絶えた夜の道を急ぎ、佐賀《さが》町を抜けて永代《えいたい》橋を渡り、町木戸の閉まる四つ（午後十時）ぎりぎりに家に帰り着いた。


すでに義父順庵と義母は寝間に入っていた。

新吾が幻宗に話そうとしたのは、上島漠泉《うえしまばくせん》の娘香保《かほ》とのことだった。

七十俵五人扶持の御徒衆《おかちしゅう》田川源之進《たがわげんのしん》の三男である新吾は幼少のときより剣術と同様に学問好きであった。

宇津木《うつぎ》順庵に可愛がられ、乞われるようにして養子になったのも、宇津木家には行けば、蘭学の勉強が出来ると思ったからだ。その期待どおり、養父順庵は新吾を長崎に遊学させてくれたのである。

五年間、吉雄権之助《よしおごんのすけ》に師事した。吉雄権之助は長崎通詞の吉雄耕牛《こうぎゅう》の妾の子だが、子どもの頃よりオランダ語の達人で、さらに蘭医について外科学も修めた。

吉雄耕牛は蘭通詞であり、オランダ流医学を学び、家塾『成秀館』を作り、蘭語と医学を教えた。多くの門人がおり、江戸蘭学の祖と言われた杉田玄白《すぎたげんぱく》もそのひとりである。また、平賀源内《ひらがげんない》、大槻玄沢《おおつきげんたく》、前野良沢《まえのりょうたく》などのそうそうたる学者たちも、耕牛の教えを受けている。そして、幻宗もまた耕牛の私塾で修業を積んで来たのだ。

新吾の遊学の掛かりは表御番医師の上島漠泉が用立ててくれたのだと江戸に帰って知った。

表御番医師は江戸城表御殿に詰めて急病人に備えた。三十名いるうちのひとりが上島漠泉で、いずれ奥医師になるだろうと言われていた。奥医師とは将軍や御台所、側室の診療を行う医師である。

漠泉は新吾と娘香保との縁組を見越して新吾を遊学させたのであり、義父順庵も漠泉の引きで御目見《おめみえ》医師になるという打算が働いていたのだ。

しかし、思わぬ事態が起こった。

長崎を襲った嵐により港に停泊していた和蘭《オランダ》船が座礁し、その船の積荷から日本地図や葵の紋の入った羽織が見つかったのだ。日本地図は幕府天文方兼書物奉行高橋景保《たかはしかげやす》がシーボルトに贈ったもの、葵の紋の入った羽織は眼科医の土生玄碩《はぶげんせき》が将軍家より拝領の品。いずれも国外持ち出し禁止のものだった。

シーボルトには日本の内実を探る使命を帯びた間諜の疑いがあり、勘定奉行の支配の下、大目付から奉行所まで動かし大々的な探索に入った。

探索の対象は、シーボルトの『鳴滝塾《なるたきじゅく》』の塾生、長崎の地役人、さらにはシーボルトが江戸にきたときに関わった者たち。そして、高橋景保や土生玄碩に近しい者たちにも及んだ。

シーボルトは、ドイツ南部ヴュルツブルクの名門の家に生まれ、ヴュルツブルク大学で内科・外科・産科の学位をとり、オランダ陸軍外科少佐に任官。その後六年前の文政六年（一八二三）七月に、出島《でじま》商館医として長崎にやって来たのだ。

シーボルトは私塾『鳴滝塾』を作り、週に一度、出島から塾にやって来て医学講義と診療を行った。

長崎にはいくつかの医学塾があったが、その塾生も週に一度は『鳴滝塾』に行き、シーボルトの講義を受けた。新吾もまた『鳴滝塾』に通った。

シーボルトは彫りの深い顔で眼光鋭く、口のまわりや頬から顎にかけて立派な髭を生やしていた。三十そこそこだったが、新吾の目にはもっと年上に映った。

漠泉はシーボルト事件に巻き込まれた。漠泉は高橋景保とシーボルトの仲立ちをし、品物を届けただけだったが、表御番医師の地位を失った。

失意の漠泉は家族ともども姿をくらました。新吾は香保を我が妻と決めており、香保を捜しまわった。そして、入谷にある植木屋『植松《うえまつ》』の離れにひっそりと暮らしているのを突き止め、訪ねたのだ。

香保と再会した新吾は自分の思いをぶつけた。新吾には香保が表御番医師の娘だろうが、没落し貧しいただの町医者になった漠泉の娘だろうが、関係ないのだ。

香保を妻に娶ることを、幻宗に話そうとしたが、思わぬ往診が入った。

新吾はふとん入っても、あの患者のことが頭から離れなかった。藩主であればもっと大騒ぎになっているかもしれない。しかし、藩主に近い人間に違いない。子どもかもしれない。

幻宗に反撥《はんぱつ》するわけではないが、やはりあのような傷を負ったわけが気になる。

それにしても、漢方医の良安が蘭方医の幻宗によく助けを求めたものだと思うが、それだけ、あの武士が重要な人物だからであろう。

もっとも医家では本道（内科）は漢方医学が主流であったが、外科と眼科だけは西洋医学のほうが優れていることは認められていた。

良安は傷の手当てなので、幻宗に応援を頼んだのかも知れない。


翌朝、新吾は未明に起き、庭で日課の素振りを木刀で五百回、さらに真剣で二百回こなし、部屋に戻った。

新吾の部屋には西洋医学書に西洋の本草書の翻訳本、そして、寛政《かんせい》年間に宇田川玄随《うだがわげんずい》が訳した『西洋医言《せいよういげん》』という和蘭対訳医学用語辞典、さらに養子の当代一の蘭学者である宇田川玄真《げんしん》が引き続いて翻訳した『西説内科撰要《せいせつないかせんよう》』、宇田川玄真自身の『和蘭局方』、『和蘭薬鏡《やくきょう》』などがある。

これらはシーボルト事件の関わりを疑われた漠泉が罪を免れないと悟って、貴重な書物を新吾に譲ってくれたのである。

また、蘭語の『外科新書』は、新吾の師である吉雄権之助が独力で翻訳したもので、医学の基礎である蘭語を学ぶために長崎にいるときに新吾が写本したものだ。

その他、貴重な書物が並んでいる。

最近、新吾がよく広げているのは前野良沢の『解体新書』である。明和《めいわ》八年（一七七一）に千住小塚原《せんじゅこづかっぱら》で女囚の人体解剖が行われたのを前野良沢、杉田玄白らが見学した。その後、ふたりが中心になって蘭語訳の解剖書『ターヘルアナトミア』の翻訳にとりかかり、三年後に翻訳書の『解体新書』を発行したのだ。

それより、十数年前に、丹波亀山《たんばかめやま》の医家の子であった山脇東洋《やまわきとうよう》が刑死人の解剖に立ち会って『蔵志《ぞうし》』という解剖記録を残している。

だが、山脇東洋も十分に把握出来ていない部分を認めており、前野良沢も山脇東洋が確かめ得なかった内臓の様子をこの目で見たいという念願を叶えたのである。

このような先人たちが苦労して後世の医家のために貴重な書物を残してくれたことに頭の下がる思いだった。

いつか、自分もあとに続く医家のために何か残したい。そのためには、もっと医術を磨いていかねばならないと思った。

義母が朝餉《あさげ》の支度が出来たと呼びに来た。

女中の給仕で朝餉をとり終えて、新吾は順庵に声をかけた。

「義父上《ちちうえ》、半日、お時間をいただきたいのですが」

「香保どののところか」

「いえ、幻宗先生の患者のところに様子を見に行きたいのです」

「まあ、いいだろう」

順庵は、上島漠泉とのつながりから御目見医師になる夢を見ていたが、漠泉がシーボルト事件で失脚すると、すかさず漠泉と同じ表御番医師吉野《よしの》良範《りようはん》の娘と新吾の縁組を図った。だが、思惑が外れたのだ。

香保と新吾の縁組を喜んでいても、御目見医師になる夢が断たれてだいぶ悄気《しよげ》ているようだった。

新吾は家を出て、永代橋を渡り、小名木川沿いから高橋を渡って常盤町二丁目の幻宗の施療院に着いた。

衣服を着替え、おしんと共に施療院を出て、きのうの屋敷に向かった。

「幻宗先生はあのお屋敷のこと、何か言っていましたか」

小名木川にかかる高橋を渡りながら、新吾はおしんにきいた。

「いえ、何も。先生は患者のことはなまじ知らないほうがいいというお考えのようですから」

おしんは苦笑した。

「そうですね」

高橋を渡って小名木川沿いを進み、やがて昨日の屋敷にやって来た。

門は閉まっている。潜り戸に近付き、門番に声をかける。

「お頼みいたします」

すぐに潜り戸が開く、いかつい顔の武士が顔を出した。

「なんだ？」

「幻宗先生のところから来ました。きのうの患者さんの傷の具合を……」

「きのうの患者とは何か」

「お腹を怪我したお侍さまです」

「そんな者はいない」

門番は首を横に振った。

「用人さまらしい老武士が迎えに来て、幻宗先生が手当てをいたしました。三十半ばぐらいのお侍さまです」

新吾は訴える。

「何かの間違いであろう。当屋敷ではそのようなことはなかった」

「そんなはずはありません。私どもは昨夜、お屋敷に入りました。今朝、もう一度、傷口を……」

「くどい。おらぬものはおらぬ」

門番の侍は大声を張り上げる。そこに、三十歳ぐらいの細面の侍がやって来た。

「どうしたんだ?」

「この者たちが昨夜、当屋敷で怪我人の手当てをしたと言い張っております」

門番の侍は顔をしかめて言う。

「拙者は待田文太郎《まちだふみたろう》と申すものだ。見かけたところ、医家のようだが?」

細面の鼻筋の通った顔の侍がきく。

「はい。常盤町二丁目にある村松幻宗先生の施療院から参りました。ゆうべは幻宗先生とともに……」

「待たれよ」

待田文太郎が口をはさむ。

「当屋敷では誰も怪我をした者はおらぬ」

文太郎はきっぱりと言う。

「私たちは三十半ばのお侍さまの手当てをいたしました」

「当屋敷ではない」

「でも……」

「どこぞの屋敷と間違えているのであろう。当方はいい迷惑だ」

「漢方医の福山良安先生がいらっしゃいました」

「福山良安？　知らぬな」

「門前仲町で開業……」

「我が屋敷にはちゃんと藩医がおる。門前仲町の町医者を頼むことはない」

文太郎はきっぱりと言う。

「藩医は下屋敷のほうにもいらっしゃるのですね。どなたでございましょうか」

「そのようなことに答える謂《いわ》れはない。さあ、お引き取り願おう」

新吾は言葉を呑んだ。

これ以上、話しても無駄のようだ。

「失礼でございますが、こちらはどなたさまのお屋敷でありましょうか」

「丸山《まるやま》藩村沢《むらさわ》肥後守《ひごのかみ》の下屋敷だ」

「村沢肥後守さま……」

「さあ、引き上げよ」

門番が強い口調で言う。

しかたなく、新吾とおしんは踵《きびす》を返《かえ》した。

「どうなっているのでしょうか。お屋敷が違ったのでしょうか」

おしんは不思議そうにきく。

「ここに間違いないはずだが」

念のためにその先の武家屋敷の門前まで行ってみた。同じような門構えなので、万が一を考え、門番に訊ねた。

やはり、そのような事実はないという返事だった。

「さっきのお屋敷に間違いない」

「では、なぜ、あのようなことを？」

「怪我を負ったわけが問題なのだ。だから、怪我人が出たことを隠したかったのでしょう。おそらく」

新吾は想像した。

「怪我人が出て、福山良安先生を呼んだ。だが、本道の良安先生では荷が重く、藩医が駆けつけるには時間がかかる。それで、幻宗先生を呼び出した。あのあと、藩医が駆けつけた。だから、我々は用なしになったというわけでしょう」

施療院に戻ると、幻宗は帰りが早かったことに不審を持って、診察の合間に新吾を呼んだ。

「どうしたのだ？」

「患者はいないと断られました」

新吾は経緯を説明した。

「おそらく、藩医がやって来て、我らを必要としなくなったのだと思います」

「秘密を守ろうとしたのだ。怪我を負った人間もそうだが、刺した人間のことも隠さねばならなかったのだろう」

幻宗は顔をしかめた。

「丸山藩村沢肥後守様の下屋敷だそうです。患者は肥後守さまでしょうか」

「いや。肥後守さまは四十過ぎのはずだ」

「嫡男では年齢が合いませんね」

患者は三十半ばぐらいだ。

「まあいい。あとは藩医がちゃんとやるだろう。ごくろうだった」

幻宗は意に介さぬように言った。

「では、私は引き上げます」

新吾はしっくりしないまま施療院を出た。強い陽射しは変わらないが、どこか夏の終りを思わせるような風を受けながら、新吾は帰途についた。

二

昼前に、新吾が小舟町の家に戻ると、ちょうど往診から順庵が戻ってきた。新吾の顔を見ても、軽く頷いただけだ。何か考え込んでいるようだったので、新吾は部屋まで追いかけて声をかけた。

「義父上。どうなさいましたか」

はっと気づいたように順庵は目を見開き、

「新吾か」

と、呟いた。

「ずいぶん深刻そうなお顔でしたが？」

新吾は心配そうにきいた。

「うむ」

順庵は戸惑い気味に、

「『栃木屋《とちぎ》』の内儀を知っているな」

「ええ、義父上がいつも口にしているお綺麗なお方ですね。確か、おせいさまとか」

『栃木屋』は大伝馬町《おおでんま》にある紙問屋だ。

「そうだ。おせいだ。中年増だが、なかなかいい女だ。子どもがいないせいか、とても若く見える」

順庵は鼻の下を伸ばしたが、それも一瞬だった。

「『栃木屋』の内儀さんがどうかなさったのですか」

「きょう、現われなかった」

順庵は寂しそうに言う。

「出かけていたのでしょうか」

「往診のときは、出かけず、必ず、待ってくれていたのだが」

順庵が『栃木屋』の隠居の往診に行くときはいつも心が弾んでいるのが傍目にもわかった。

隠居の病床に必ずおせいがやって来て、診察のあとは茶を出してくれる。順庵はおせいと間近に言葉を交わす機会を楽しみにしていたのだ。

「おせいさんに会えなかっただけで、そんなに気落ちしているなんて」

新吾はからかうように言う。

「そうではない」

順庵は憤然となって、

「帰りしな、女中に内儀さんのことをきいたのだ。そしたら、きのうの夕方、手代の正吉《しょうきち》と出かけたまま、今朝になっても帰ってこないのだそうだ」

と、口許をひん曲げた。

「帰ってこない？」

新吾は不思議そうにきいた。

「家出をしたのかもしれない」

「手代と、ですか」

「そうだ。女中はこっそり言ったが、正吉は以前から内儀さんに特別な感情を抱いていたそうだ」

「でも」

新吾は手代がそんな大胆なことをするだろうかと疑問に思った。

「確か、内儀さんは二十……」

「二十八だ。手代は二十二」

順庵は憤然という。

「そんな様子はあったんですか」

「外の人間にはわからない何かがあったんだろう。そんなふうには見えなかったが、女なんてわからないものだ」

順庵は嘆いた。

「でも、ふたりでやっていけるのでしょうか」

「やっていけるはずはない。お店《たな》を出たら、暮らしはすぐ行き詰まるはずだ。そうしたら行き着く先は……」

順庵は首を横に振り、

「そんなことがあってたまるか」

と、叫んだ。

心中を思い描いたのだろう。

順庵はおせいがいなくなったことにかなり気落ちしていて、夕方になってわざわざ『栃木屋』まで出かけた。

しかし、おせいは帰っていなかった。

翌朝、新吾は幻宗の施療院に出た。診療のはじまる前なのに、たくさんの通いの患者が待っていた。

幻宗に呼ばれて赴くと、

「きのう、あのあと、村沢家の下屋敷に行ってきた。やはり、怪我人はいなかったと言うばかりだ」

幻宗も気になっていたようだ。

「よほど隠したいことだったのですね」

「うむ。それで、門前仲町の福山良安どのを訪ねた」

下屋敷にいた医者だ。

「まさか、良安どのは偽りを言わないでしょうね」

「別人だった」

「別人？　あの医者は福山良安どのではなかったと？」

「そうだ。急場の手当てはちゃんとしていた。それなりの医者であろうが、良安どのではなかった」

幻宗は顔をしかめた。

「なぜ、そんな偽りを口にしたのでしょうか」

「わしを呼んだ口実だろう。門前仲町の医者なら知っていてもおかしくないからな」

「別の理由で、幻宗先生を知っていたということですか」

「そうだろう。そのことから怪我人が誰か推測出来てしまうからかもしれない。秘密を守るためには我らをこれ以上近づけたくなかったのだ。おそらく、今は別の医者が呼ばれて治療に当たっているのであろう。まあ、患者に危険はあるまい。気になるのは……」

幻宗は表情を曇らせた。

「あの傷ですね」

「そうだ。あれは何者かに脇差で刺された傷だ。あの屋敷で何かあったのだ。刺した者がどうしたか気になる」

「……」

「おそらく、そのあたりのことを隠したいのであろう。これ以上、我らが首を突っ込むことではない。まあ、狐か狸に化かされたということだ。そう思うしかあるまい」

「はい」

奉行所に訴えても、藩邸は支配が及ばない場所であり何も出来ない。いや、奉行所の人間からも、狐か狸に化かされたのではないかと言われそうだ。

「さあ、診療にかかるのだ」

そのことはもう忘れろというように、幻宗が言った。

「はい」

新吾は素直に自分の席に移った。

患者はただだと思うと、気楽に医者に診てもらいに来る。どこも悪くないのに、ただ話し相手が欲しくてやって来る者もいる。幻宗はそういう人間も患者であり、隠れている病気を探し出すのも医者の役目だと言った。

徳造《とくぞう》もそんな患者のひとりだ。矍鑠《かくしゃく》とした年寄りで治療を必要とするような病気はないが、話し相手がいないとほんとうに病気になってしまいかねない。だから、新吾も話を聞いてやることにしている。

「やっと眠れるようになったんですが、夜中に何度も小便に立ってしまうんですよ。厠《かわや》に行ってもちょろちょろしか出ない」

小さくまん丸い目を向けて、徳造は言う。

「歳をとって、そういう悩みを訴えるひとがかなりおります」

今まではそういう話はしていなかった。立ちくらみがするとか、なかなか眠れないとか、夜中に息苦しくなるとか、毎回何かしらの症状を訴える。自分のほんとうの症状なのか、偽っているのかどうかわからない。どこも悪いところは見つからず、歳の割には頑健な体をしている。

それでも嘘だと決めつけず、話を合わせる。話を聞いてやるだけで、患者は元気になるのだ。

「徳造さんは若い頃は瓦職人だったそうですね。さぞかし、女にもてたんでしょうね」

新吾がそうきくと、徳造はうれしそうに、

「そうでもねえが、瓦を十枚以上重ねて肩に担いで屋根まで梯子段《はしごだん》を駆け上がると、通りがかりの娘がうっとり見ていたもんですよ」

と、少し得意そうな顔になった。

「そうでしょうね。肩に瓦を何枚も重ねて梯子段を上って行く姿は男でも惚れ惚れしますからね。今も、その面影はありますよ」

新吾も徳造を喜ばすように言う。

「昔のことですよ」

徳造はにやつきながら応じる。

「小便のほうはお薬を飲んでみますか」

新吾は話を戻した。

「いえ、もう少し様子を見てみます」

徳造は元気な声で言う。

「そうしましょうか。では、また、何かあったらお出でください」

「へい。あっ、先生」

徳造は浮かした腰を下ろして、

「一昨日の夜、幻宗先生といっしょに村沢肥後守さまの下屋敷に入って行きましたね。どなたか急病でも?」

と、好奇心に満ちた顔をした。

「どうして、そのことを?」

新吾は驚いてきき返す。

「あっしの住まいはあのお屋敷の裏手になるんです。たまたま、先生たちが入って行くのを見ていたんです」

「そうでしたか。徳造さんも見ていたんですね」

新吾は確かめるように言う。

「へえ」

「やっぱり、狐か狸に化かされたのではなかった」

新吾は微笑《ほほえ》んだ。

「なんですね、狐か狸に化かされたってのは？」

「なんでもありません」

「先生、気になるじゃないですか。教えてくださいな」

徳造は執拗《しつよう》にきいた。

「怪我人の手当てです」

新吾は口にした。

「怪我人？　どなたがですか」

「わからないのです。きのう、傷の様子を見に行ったら、そんな怪我人はいないと屋敷の侍に追い返されたんです。それで、幻宗先生も狐か狸に化かされたのだろうと……」

「へえ、そんなことがあったんですかえ」

徳造は目を細めたが、

「その怪我人は動かしてもだいじょうぶなんですか」

と、思いついたようにきく。

「動かすとは？」

「負傷したひとを別の場所に移したり……」

「縫合した傷が開いたりする危険もありますからね。移すのは厳禁ですよ。徳造さん、なぜ、そのようなことを？」

「いえ。なんでもありません」

徳造はあわてて顔の前で手を横に振り、

「先生、長々とすみません」

と、すっくと立ち上がった。

新吾は訝《いぶか》しく思った。徳造は何か知っているのだろうか。

徳造が下がったあと、腹を押さえた年配の女がやって来た。近くの長屋にすむ職人のかみさんだ。

「先生、腹が痛くて」

かみさんは苦しそうに言う。

「ちょっとお腹を」

新吾は腹を診る。かなり張っていた。

「お通じは？」

「それがないんですよ」

「そうですか」

「厠に行ってもなかなか出なくて」

かみさんは恥ずかしそうに言う。

「お水をたくさん飲んだり……」

新吾は便秘について話して聞かせ、薬を出してやった。

たいした重症ではない患者ばかりの診療が済み、最後の患者を送り出して、この日の新吾の勤めが終わった。

厠から戻ると、おしんが「玄朴《げんぼく》さまがお見えです」と声をかけた。

「私にですか。幻宗先生にではなくて？」

伊東《いとう》玄朴は貧農の子だったが、医家を目指し、働きながら長崎の『鳴滝塾』でシーボルトから西洋医学を学んだ苦労人だった。

シーボルト事件に巻き込まれたが、連座を免れ、去年の十一月に本所番場《ほんじょばんば》町に医院を開業している。

玄朴は療治室の隣の小部屋で待っていた。

「玄朴さま」

棚の書物を見ていた玄朴に、新吾は声をかけた。

「おう、新吾か」

玄朴は振り向いた。頬骨が突き出て、眼光も鋭い。新吾より六つ年上の二十九歳であるが、苦労しているせいかもっと年上に思えた。

差し向かいになってから、玄朴は自嘲《じちょう》ぎみに、

「ここは相変わらず繁昌《はんじょう》しているな。俺のところはさっぱりだ。患者は少ない」

と、暮らしにも困窮していることを匂わせた。

「じつは今度引っ越しをすることにした」

「引っ越しですか」

「今のところでは先も暗い」

「どちらに？」

「下谷《したや》長者町《ちょうじゃまち》だ」

「そうですか」

「恥ずかしい話だが、幻宗先生に引っ越しの金を借りにきた」

玄朴は消え入るような声で言う。

「お借り出来そうですか」

「わからん。今のところで医院を開くときも友人から金を借りた。その金も返せぬま

ま、また引っ越しだ。幻宗先生に頼むしかない」

「そうですか」

「俺は必ず金は返す。そなたにも口添え願いたい」

「わかりました」

「うむ？　やけに安請け合いするな。俺が借金を踏み倒すかもしれないとは考えないのか。よしんば、俺が約束を守る人間だとしても、このまま貧乏医者で終わってしまうかもしれない。そしたら、借金の返済どころではない。一家で首を括っているかもしれない。そういうことを考えたら、そんな軽々しく請け合うものではない」

「玄朴さまは変なお方ですね」

新吾は苦笑する。

「変？」

「はい。玄朴さまのほうから口添えを頼んでおいて、引き受けたら安請け合いするなとのお窘《たしな》め」

「そなたのほうが変だ」

玄朴はむきになった。

「なぜでございますか」

「俺とそなたは知り合ってまだ二カ月だ」

「長崎で何度かお会いしています」

長崎の『鳴滝塾』で顔を合わせたことがある。

「親しく話したわけではない」

「でも、『鳴滝塾』では高野長英《たかのちようえい》さまと並び称されるほどのお方で……」

「待て。あいつの話はいい」

玄朴は顔をしかめた。

「申し訳ありません。ようするに、私は必ずや玄朴さまは医家として大成なさるお方と見ています。ですから、幻宗先生にお口添えをするのです」

「では、もし幻宗先生に断られたら、そなたが貸してくれるか」

玄朴は意地悪そうにきいた。

「なんとかします」

「なに？」

玄朴は呆れ返ったような顔をした。

「私が必ず必要なお金を用立てます」

しばらく玄朴は新吾の顔を見つめていたが、

「やはり、そなたは変だ」

と、ぽつりと言う。

「私は玄朴さまに感謝していることがあります」

「感謝だと？　冗談ではない。俺はそなたに感謝されるようなことなど何もしていない」

「玄朴さまの生きざまです」

「生きざまだと？」

「はい。いつぞや、玄朴さまから言われたこと、胸に痛く響きました」

「俺が何を言った？」

「私が幻宗先生を無批判に敬い、手本としていることに忠告をくださいました。恵まれた環境で長崎遊学をして医者になったから患者をただで診るという考えが出来るのだと。玄朴さまは貧農の家に生まれた。隣村に住む医者の下男をしながら医学の勉強をした。長崎に行っても寺男として働きながら医学を学んだ。食う物にも事欠く暮らしをしてきたそうではありませんか。それほどまでにして、医家の道を突き進まれた。私などとは覚悟が違います」

新吾は一気に喋った。

「そんなことを言ったか。そういえば、富や栄達を望まないというそなたの甘っちょろい考えに呆れて、貧しさから逃れようと富や栄達を求めたからこそ、その思いが力となって堪えがたい苦労を乗り越えることが出来たのだと言ったことを思いだした。だが、貧乏人の僻《ひが》みだ」

「いえ、玄朴さまの仰る通りです」

新吾の脳裏を上島漠泉の姿が掠めた。今は一介の町医者として暮らす漠泉の神々しさは、富や栄達を手に入れた人間だからこそ示せる姿ではないのか。

富や栄達を求めることは決して悪いものではないと悟ったのは、玄朴の言葉と漠泉の今の姿だった。

「私は玄朴さまの生きざまから、多くのことを学びました。その感謝だけでお金をお貸しするのではなく、私は玄朴さまは医家として必ず大成すると思っています。玄朴さまのような優れた医家が誕生することは人々にとっても仕合わせなこと。また、医家としてあとに続く者にとってもいい目当てになりましょう」

「ずいぶん俺を買いかぶっている。俺はそんな立派な人間ではない。貧しいがゆえに、大口を叩いて、自分を認めてもらおうとした。そなたのように恵まれた環境におれば、俺だって、心広く世間を渡り歩けたかもしれぬ」

「いえ、買いかぶってはおりませぬ。玄朴さまと高野長英さまは、私にとっても仰ぎ見る先達でございます」

玄朴は単に富と栄達を求めるだけの人間ではない。病人に対して真摯《しんし》に向き合う姿勢は高野長英も認めていた。

「新吾。そなたが富と栄達を求めて突き進めば、俺以上になるだろう」

玄朴は一拍の間を置き、

「ただ、そのためにはそなたには乗り越えねばならぬ大きな壁がある。わかるか」

と、新吾を厳しい目で見つめた。

「なんでしょうか」

「わからぬか」

「はい」

「幻宗どのだ」

「幻宗先生？」

「幻宗どのと縁を切ることが出来るかどうかだ」

「……」

新吾は心ノ臓を殴られたような衝撃を受けた。

「それが出来て、はじめてそなたは新しい道を歩み始めることが出来る」

新吾は言い返そうとしたが、声が出なかった。

「では、幻宗どののところに行ってくる」

玄朴は立ち上がった。

しばらく経ってはっと我に返り、新吾はあわててあとを追う。

幻宗がいつものように濡縁に出て休んでいる。おしんが湯呑みに酒を注いで運ぶ。

幻宗は庭を眺めながら、一日の疲れをとるように酒を呑むのだ。

幻宗の前に玄朴が座っていた。玄朴は湯呑みを手にしたまま狭い庭を見ている。柴垣の向こうに空き地があり、木立の葉が風に揺れていた。

「厚かましいお願いで痛み入ります。必ず、お返しいたします」

玄朴は頭を下げた。

「わかった」

一拍の間のあと、幻宗が頷いた。

「お貸しいただけるのですか」

玄朴は身を乗り出して確かめる。

「五両ぐらい、あるだろう。おしんに話しておく。ただし、必ず返すように」

幻宗は厳命した。

「はい。必ず」

玄朴の肩が微かに震えていた。泣いているのかと思った。幻宗があっさり金を貸してくれたことに感激しているわけではない。必ず返せと幻宗が言ったのは、必ず、医家として大成しろという励ましなのだ。そのことに気づいて、玄朴は胸を熱くしたに違いない。

そんな幻宗と縁を切ることが富と栄達を求める道だという玄朴の言葉が蘇《よみが》って、新吾の胸を圧迫していた。

三

翌日の昼過ぎ、新吾は入谷にある『植松』という植木屋の離れに、香保を訪ねた。

香保は十八歳。表御番医師の上島漠泉の娘として何不自由なく過ごしてきた。

去年、初めて会ったときはあでやかな紅の花柄の裾模様の着物で華やかな雰囲気を漂わせていた。目がくるっとしていて、含み笑いをしたような口許が妖艶で、とうてい十七歳とは思えなかった。

だが、今は木綿の地味な単衣《ひとえ》で、慎ましく控えている。それでも、その美しさは変わらず、かえって可憐さが増していた。

「漠泉さまは往診ですか」

新吾は母親にきく。

「はい。何軒かまわってくると言ってましたが、もう帰ると思います」

「先日は、漠泉さまと香保どのにお出でいただき、義父と義母《はは》も喜んでおりました。もし、よろしければ、みなさんで来ていただければと……」

漠泉と香保が順庵と義母に挨拶にきた。そのとき、家族もいっしょに小舟町の家に移ったらどうかと、順庵は話していた。

「ありがとうございます」

母親は頭を下げ、

「とてもうれしいお話ですが、うちのひとも私もここでの暮らしが気に入っているんです」

と、微笑んだ。

「父も母も」

と、香保が口をはさんだ。

「遠慮ではなく、心底、そう思っているんです」

「そうですか」

「あっ、帰ってきたようです」

母親が庭のほうに目をやった。

十徳《じっとく》姿の漠泉が薬籠を自分で抱えて帰って来た。かつての漠泉では考えられないことだった。

往診には薬籠を持つ供を連れ、乗物に乗って行ったのだ。それが、今はひとりで歩いて行く。

漠泉は部屋に上がって、

「新吾どの。よう参られた」

と、腰を下ろした。

「先日は、お出でいただき、ありがとうございました」

新吾も挨拶をする。

「この前も言ったように、わしはここでの町医者暮らしが気に入っている。不思議なものだ。表御番医師として格式張った暮らしをしていたときより、毎日が楽しい」

漠泉は新吾の心の言葉が耳に入ったかのように切り出した。

「もう十分に香保との別れを惜しんだ。いつでも連れて行っていい」

漢泉は笑った。

表御番医師だった頃に比べ、表情がずいぶん柔らかい。漢泉は口先だけでなく、心底ここでの暮らしを楽しんでいるようだ。

「新吾どの」

漢泉が居住まいを正した。

「わしがこのような心持ちでいられるのもそなたのおかげだ。感謝してもしきれぬ。このとおりだ」

漢泉は頭を下げた。

「お顔をお上げください。私のほうこそ御礼を申し上げなければなりません」

長崎遊学の掛かりもすべて漢泉が出してくれたのだ。そればかりではない、医者というものはこうあるべきだと思い込んでいた自分の考えを変えさせてくれた。

長崎遊学から帰った新吾は幻宗を知り、幻宗のような医者こそあるべき姿だと信じ、幻宗のような医者を目指した。

貧富や身分によって患者を差別することはない。薬礼をとらないから、それが出来るのだが、薬礼をとらず施療院がやっていけるわけはない。

幻宗には施療院を支えるだけの財力があるのだ。それが、最近になってどうやら薬草に関わっていることだとわかってきたが、そういう後ろ盾を持たない新吾には幻宗のようなやり方は出来ない。

それが最善であっても実際には無理な相談だ。自分の出来得る中で、最善を尽くす。それが自分の進むべき道だと新吾は考えるようになった。

幻宗のような医者を目指すにしても、上を目指さねばならない。富と栄達を求めることは決して悪いことではないと、新吾は今になって思うようになった。

漠泉とて自分の医家としての力が認められて、御目見医師から表御番医師になったのだ。

「私は偏狭から医家としてのあるべき姿を勝手に思い込んでいました。その過ちに気づかせてくれたのも漠泉さまです。思わぬことから表御番医師の地位を剝奪され、町医者になっても医家としての心を失っていない。その姿に私は感銘を受けました」

自分が第二の幻宗になるためには富と栄達を求めない限り無理なのだ。そのことを教えてくれたのは漠泉と伊東玄朴だった。

「新吾どの。かたじけない。そなたの言葉はわしに勇気を与えてくれた」

漠泉は香保に顔を向け、

「よい婿を得た。香保は幸福者だ」

「はい」

香保はやさしく微笑み、母親はそっと目尻を拭いた。

その夜、夕餉《ゆうげ》のとき、順庵は暗い顔で酒を呑んでいて、ときたまため息がもれた。

「義父上、どうなさったのですか」

義母が台所に立ったので、新吾は声をかけた。

「うむ」

順庵は唸った。

「『栃木屋』さんのことですね」

美人で評判だった内儀のおせいが、年下の手代正吉とともに外出したまま帰ってこなかった。

「まだ、行方はわからないのですね」

「わからん。おせいさんの実家や正吉の国元にも使いを出し、旦那も江戸で心当たりを捜したが、手掛かりもない」

順庵はいらだったように言う。

「もう三日になりますか」

新吾も深刻さを感じ取っていた。

「きょう往診に行ったら、ご隠居がふたりはもう死んでいるかもしれないと言っていた。死ぬしか道はないだろう」

「心中ですか」

そのことは前々から順庵も心配していた。

「金を持たなかったのは、最初から死ぬ気で出て行ったのだろう」

順庵はまた大きくため息をつき、

「旦那も荒れている。自分のかみさんが奉公人とともに家出をしたんだからな。もう、近所にも噂は広まっている」

「……」

「この騒ぎで、隠居がすぐ発作を起こすようになった」

隠居は喘息を患っていて、きょうも発作が起きたと知らせがあって駆けつけたのだという。

「奉行所には届けたのですか」

「世間体を考えていたようだが、もう噂は広まってしまった。明日あたり、奉行所に届けるだろう。どこかで身許不明の死体が見つかっているかもしれないな」

順庵はやりきれないように言う。

「義父上はほんとうに内儀さんのことが……」

「おい、ばかなことを言うな」

順庵はあわてて台所を気にしながら言う。

「だいじょうぶですよ。義母上は向こうで何かをしています」

「ああ」

順庵は自分で酒を注ごうとしたが、チロリは空だった。

「女なんてわからないものだ。不義を働くような女にはとうてい思えなかった。それでも、死んで欲しくない」

と、やるかたないように言う。

「義父上はほんとうに好意を抱いていたのですね。私はお会いしたことがないのでわかりませんが、義父上のお心をそこまで惹きつけていたのですから……」

「おい」

順庵があわてて声をかけた。

「なに、ふたりでこそこそ話しているのですか」

義母がやって来た。

「治療のことだ」

「そうですか」

義母がチロリを持ってきて、

「さあ、どうぞ」

と、順庵に差し出す。

「いいのか」

順庵が遠慮がちに湯呑みを差し出す。

「義母上。どうしたんですか。酒のお代わりなんて珍しいじゃありませんか」

新吾も不思議にそうにきく。

「最近、塞ぎ込んでいるようなので、気分晴らしになればと思って」

「義父上は塞ぎ込んでいますか」

新吾はわざと驚いたようにきいた。

「ええ、私の前では空元気を出しているけど、ひとりのときは泣きそうな顔でため息をついたり……」

「俺がか」

順庵はうろたえた。

「ええ、二日前から。今夜は悩みを聞いてあげますよ」

「いや、違う。そうじゃないんだ」

順庵はあわてた。

「じゃ、私は部屋に戻ります」

新吾は逃げるように立ち上がった。

「新吾」

順庵はとっさに何かを思いついたようで、

「忘れていた。良範どのがそなたに会いたがっていたようだ。良範どのの使いがきた」

表御番医師の吉野良範は新吾を娘のお園《その》の婿にし、医業を継がせようとした。だが、お園には言い交わした畑次郎《はたじろう》という男がいた。お園は畑次郎の子を身籠もっていたが、そのことを隠して、良範はお園と新吾を結びつけようとしたのだ。そのお園との縁組騒動が無事片づいたあと、良範とは会っていない。

「なんでしょうか」

新吾は首を傾《かし》げた。

お園は畑次郎に嫁ぎ、お園の兄も医業を継がず板前になり、良範は跡継ぎを得られず、失意のうちに医業を続けている。

ここにきて、また新吾に会いたいというのは、新たに何かを期待してのことなのか。しかし、良範も新吾と漠泉の娘香保との縁組を知っているはずだ。

「まだ、そなたに未練があるのか」

順庵も首をひねって、

「まさか、香保どのとふたりして吉野家に来いとは言わんだろうが」

「そんなの困ります」

義母が口をはさむ。

「いや、わからんぞ。なにしろ向こうは表御番医師だ。新吾を引き立ててくれよう。おいしい餌はたくさんある」

「そんな」

義母は不安そうになった。

「いや、問題は新吾の気持ちだ。もし、新吾がその気になったら……」

順庵は話を逸らそうと、この話を持ち出しているのだとわかった。

「そのうち、良範さまをお訪ねしてみます」

新吾は改めて立ち上がった。

「新吾。いけませぬよ」

義母が恐ろしい形相になった。

「義母上。私は宇津木家の人間です。そのような心配はまったく不要です」

不安そうな義母を残し、新吾は自分の部屋に戻った。

良範の用件とは何だろうか。一度、訪ねてみなければならないと思った。

四

翌日、新吾は朝から幻宗の施療院で患者と接していた。

昼から、幻宗は見習い医師の棚橋三升とともに往診に出かけた。患者の家をいくつかまわってくるのだ。

その間、新吾は忙しく夕方を迎えた。その頃には、幻宗と三升も帰ってきて、診察をはじめた。

最後の患者を見送ったあと、新吾はなんとなく忘れ物をしたような気分になった。

そのわけはすぐわかった。

きょうは徳造が来ていなかったのだ。

最近、徳造は新吾がいるときは毎回来ていた。どこが悪いというわけではなかった。いろいろ口実を作ってくるが、話し相手が欲しいのだ。

歳の割には元気だった。瓦職人だというが、それもほんとうかどうかわからない。歳をとって親しい人間がいないことで寂しいのだ。自分をよく見せようとして作り話をしている節があるが、新吾はそのまま受け入れていた。

「新吾さん。先生がお呼びです」

おしんがやって来て言う。

「いつものところですか」

「はい」

幻宗がいつものように濡縁に出て庭を見ながら酒を呑んでいた。

新吾は幻宗のそばに行った。

「先生、お呼びでしょうか」

「うむ」

幻宗は顔を向けて、

「一昨日、玄朴が金を借りに来た。わしが貸さなかったら、そなたが貸してやると言ったそうだな」

「……」

「なぜ、貸そうとした？」

「玄朴さまは、医家として大成なさるお方です。そういうお方の手助けをすることは、人々にとっても益あることだと思いました」

「不用意に金を貸すものではない。もし、玄朴が病気になったりして医業を続けられなくなったらとは考えなかったか」

「はい」

「金を返してもらえなかったらどうするつもりだった？」

「そこまで考えませんでした」

「問題はそのことではない。玄朴は医家として大成しよう。だが、新吾。そなたもあとに続くであろう。先に大成した玄朴は新吾を引き立てようとするはずだ。そのとき、そなたは迷うかもしれない。玄朴は新吾の力が必要なのか、貧しい時代に新吾に助けてもらった恩義からか。新吾が、困ったときに助けてあげたという思いを根に持ち、玄朴にその負い目があれば、ふたりの足枷《あしかせ》になりかねない。今はそんなことはありえないと言うだろう。だが、十年後、ふたりがどういう立場になっているか……」

　幻宗は息継ぎをし、

「さらに言えば、そなたが玄朴に金を貸そうとしたのは、そなたの思い上がりだ」

　と、手厳しく言う。

「若年のそなたが年長の玄朴に対して言うべき言葉ではない」

「私はただ、有能なお方の成長の芽を摘んではならないと思い、少しでもお手伝いをしたいと思ったのです」

　新吾は素直な思いをぶつけた。

「なぜ、そなたにそういう決めつけが出来るのだ。玄朴の何を見て、そう思ったのだ。それこそ思い上がり以外の何物でもない。それに、貸そうとした金はそなたが稼いだ金か。順庵どのが稼いだ金ではないのか」

「……」

　何か自分の思いとはまったくかけ離れた見方をされていると思ったが、新吾は反撥出来なかった。

「よいか。人間は気づかぬうちに思い上がっていることがある。これからは常にそのことを戒《いまし》めよ」

「はい」

「ただ」

幻宗の表情がやわらいだ。

「友のために一肌脱ごうとする気持ちはとても尊い。だが、ふたりのよい関係を続けるためにはお互いに負い目を持ってはだめだ。負い目を持てば、ひとは正しい判断が出来なくなる。自分自身が負い目を持つことは当然ながら、他人にも負い目を与えるような真似をしてはならぬ」

「肝に銘じます」

新吾は、幻宗の示したことが的外れではないような気もしてきた。

「玄朴にはわしが金を貸した。心配せんでいい」

「わかりました」

おしんがやって来て、

「先生、伊根吉《いねきち》親分がいらっしゃっています」

と、声をかけた。

幻宗は立ち上がった。新吾もいっしょに玄関に出て行った。

南町奉行所定町廻り同心笹本康平《ささもとこうへい》から手札をもらっている岡っ引きの伊根吉が手下の米次《よねじ》と土間に立っていた。

「夜分にすみません」

伊根吉は詫びてから、

「つかぬことをお伺いします。こちらに徳造という年寄りが通っていたと聞いたんですが、いかがでしょうか」

「徳造さんは私の患者です」

新吾は一歩前に出て、

「徳造さんに何か」

と、胸騒ぎを抑えてきいた。

「今朝、三好《みよし》町の材木置場で殺されているのが見つかったんです」

伊根吉は型通りな言い方で伝えた。

「殺された？」

新吾は耳元で雷鳴を聞いたような衝撃を受けた。

「ええ、匕首《あいくち》で腹と心ノ臓を突き刺されていました。死んだのは昨夜だと思われます。長屋の大家が、幻宗先生の施療院に通っていたと言うんで、何か徳造から聞いているかもしれないと思いましてね」

「いえ、何も」

衝撃が冷めないまま、新吾は首を傾げた。

「昨日の徳造さんの様子はわかっているのですか」

新吾はきいた。

「へえ。昨日の五つ（午後八時）に長屋を出て行くのを大家が見てました。そのあとがわかりません」

伊根吉は首をよこに振ってから、

「徳造はどこか悪かったんですかえ」

と、付け加えてきいた。

「いえ、どこも悪くありません。話し相手が欲しくてやって来ていたようです」

新吾は答える。

「話し相手ですか」

「徳造さんは若いころは瓦職人だったそうですね」

新吾は確かめる。

「いや、大家の話では芝《しば》のほうの遊女屋で働いていたようですぜ」

瓦職人というのは嘘だったのか。遊女屋で働いていたとは言えず、見栄を張っていたのだろう。

「徳造は今は何をたつきにしていたのだ？」

幻宗がきいた。

「寺の雑用をして小遣いをもらっていたようです」

「寺男か」

幻宗は呟く。

「何か思いだしたことがあればお知らせくださいな」

伊根吉が引き上げたあと、新吾は嘆息した。

「徳造さんが殺されたなんて……」

「何か思い当たることがあったのではないのか」

幻宗がきいた。

濡縁に戻って、新吾は口を開いた。

「徳造さんは私たちが村沢肥後守さまの下屋敷に入って行くのを見たそうです。どなたが急病かときかれたので、怪我人のことと次の日に訪ねたら怪我人などいないと屋敷の侍から追い返されたことを話しました。まさか、そのことが……」

「それだけでは何とも言えぬな」

幻宗は厳しい顔で否定したが、新吾は無関係とは思えなかった。その話をしたあと、徳造は急にそわそわしだしたように思える。ただ、匕首で刺されていることで、徳造がならず者といざこざを起こしたとも考えられるが……。

「この件を伊根吉親分に話しておくべきだったでしょうか」

「いや。まあそうだという証はない。あやふやな話で村沢家にあらぬ疑いをかけるのはよくない。仮に、親分に話したところで、藩邸には立ち入れぬのだ。親分の探索から下屋敷の関わりが出てきたら、そこで話せばいい」

「わかりました」

新吾は素直に応じ、

「先生。徳造さんのところに寄って帰ります」

「そうだな」

幻宗は頷いてから、

「待て」

と、呼び止めた。

「玄朴のことだ。あの男は必ずや上り詰める。下谷長者町に居を移すようだが、玄朴との交流はかかさないように。あの男は富と栄達になみなみならぬ執心がある。おそらく、医家としてそなたとは考え方も違うかもしれぬが、そなたにないものを持っている」

幻宗はわざわざ念を押すように告げた。

「わかりました」

新吾は挨拶をして立ち上がった。


新吾は高橋を渡って左に折れた。しばらく行くと、村沢肥後守の下屋敷の前に差しかかった。

門は閉ざされている。新吾が行き過ぎようとしたとき、潜り戸が開いて、提灯を持った中間のあとから三十歳ぐらいの細面の武士が出てきた。

先日会った待田文太郎だ。新吾は足を止めた。

「おや、そなたは？」

文太郎は怪訝《けげん》そうな顔をした。新吾が武士の格好だったからだ。

「幻宗先生のところの宇津木新吾でございます」

新吾は名乗った。

「そなた武士であったか」

文太郎は睨みつけるようにして、

「直参か」

と、きいた。

「部屋住みです。今は宇津木家の人間です」

「家は兄が継ぐのか」

「はい。もう兄の代になっています」

「役務は？」

「御徒衆です」

「御徒衆……」

文太郎は呟いてから、

「部屋住みより医家のほうがいいか」

と、冷笑を浮かべた。

「お出かけでございますか」

そのことには答えず、新吾はきく。

「うむ。上屋敷までな。そなたはどこへ行くのだ？」

「はい。知り合いの通夜に」

「通夜？」

「はい。ゆうべ、三好町の材木置場で殺されました」

新吾は相手の表情の変化を見逃すまいとした。

「どんな知り合いだ？」

一拍ののち、文太郎がきいた。

「私の患者でした」

「……」

「お屋敷の裏に住んでいたそうで、よくこのお屋敷の前を通っていたようです」

「そうか。ごくろうなことだ」

そう言い、文太郎は去って行った。

「おや、もし」

新吾は中間に声をかけた。

中間が足を止めた。たくましい体つきのいかつい顔の男だ。

「あなたは四日前、老武士といっしょに幻宗先生を迎えに来たひとじゃありませんか」

新吾は確かめた。

「違いますぜ。あっしには何のことか」

中間はとぼけた。

「人違いであろう。このような体つきの男はよくいるからな」

文太郎が平然と言う。

「そうですか」

新吾は中間の顔を見つめ、

「失礼ですが、お名前をお聞きしてよろしいでしょうか」

「おいおい、中間風情の名を聞いても仕方あるまい」

文太郎がまたも口をはさむ。

「でも、せっかくですから、お名前だけでも」

新吾は懇願《こんがん》する。

「八助《やすけ》だ」

中間が口許を歪めて言う。

「さあ、行くぞ」

文太郎は八助に言い、歩きだした。

文太郎と八助の後ろ姿を見送って、新吾は肥後守の下屋敷の裏にある海辺大工町《うみべだいくちょう》に行き、徳造の住んでいた長屋を捜し、木戸を入った。

路地を入ったが、どの家も通夜をやっているようには思えなかった。新吾は奥まで行き、左右の腰高障子《こしだかしょうじ》を見ながら木戸に戻った。

木戸の脇にある家の戸が開いて、小肥りの男が出てきた。新吾と目が合った。

「失礼ですが、大家さんですか」

新吾は確かめた。

「そうです。あなたさまは？」

大家は怪訝そうにきく。

「私は幻宗先生の施療院の宇津木新吾という医者です」

「ひょっとして、徳造のことで？」

「はい。徳造さんは？」

「じつはもうお寺に葬りました」

大家は目を伏せて答えた。

「葬った？」

「身寄りもなく、親しい人間もいなかったので、そのままお寺さんに運びました。寺男をしていたお寺さんで無縁仏として……」

「そうでしたか」

徳造は長屋の住人から嫌われていたようだ。

「徳造さんに何があったのかわかりませんか」

新吾は改めてきく。

「いえ、何も」

「徳造さんと親しいお方はいらっしゃいますか」

「口が悪く、ひとと顔を合わせては罵る。相手が失敗すると、それこそ罵倒し続けるんですからね。長屋の人間にとっちゃたまんないひとでした」

それでも、葬式だけは出してやったと言っているようだ。

「そうでしたか。なんだか寂しがり屋のように思いましたが……」

「皆に構ってもらいたかったんでしょうが、素直になれなかったんです。思えば、可哀そうな男でした」

だから、新吾のところにやって来たのだ。

「よく、高橋近くにある居酒屋で酒を呑んでました。夜中に帰ってきて、木戸を開けてくれと騒いでました。夜中に大声を出され、長屋の皆も閉口してました」

「そうでしたか」

「でも、こうなってみると、可哀そうでなりません。素直になれば、もっといい生き方が出来たと思うのに……」

大家はしんみり言う。

「ほんとうは構ってもらいたかったんですね。話し相手が欲しくて施療院にやって来ていたのです」

「今になれば、もっと長屋の連中を説き伏せて通夜をしてやり十分に別れをしてやればよかったと思います」

大家は顔つきを変え、

「それにしても、いったい誰が徳造を殺したのでしょうか」

と、怒りを抑えた。

「大家さんにも心当たりはないのですね。ひとから恨まれているとか、何か危ないことに手を出しているとか」

「八丁堀《はっちょうぼり》の旦那にもきかれましたが、まったくありません。徳造は嫌われ者でしたが、殺されるほどの恨みを買っていたことはないと思います。大酒呑みで、酔っぱらったら道端でも寝込んでしまって近所から苦情を受けたことは何度かありますが……」

大家はため息をつき、

「せめて下手人が早く捕まってくれることを願うだけです」

「徳造さんは」

新吾は思いついて口にする。

「村沢肥後守さまの下屋敷のことについて何か話していませんでしたか」

「肥後守さまの下屋敷ですって」

大家は目を見開いた。

「何か」

「徳造は、肥後守さまをお見かけしたことがあるかと、私にききました」

「それはいつのことですか」

「きのうの朝です」

「きのうの朝……」

新吾が下屋敷に言ったわけを徳造に話したのはその前日だ。やはり、徳造は何かに気づいていたのだろうか。

「肥後守さまの下屋敷に何か」

大家が不思議そうにきく。

「いえ。で、大家さんは肥後守さまをお見かけしたことがあるのですか」

「肥後守さまがお見えになられても、いつも乗物にお乗りですからお顔を拝したことはありません。たまに、舟で来られることもあるようですが、そういうときにも出くわしたことはありません。四日前も乗物でいらっしゃったようですから」

「四日前というと、六月十七日ですね」

「そうです」

「四日前に肥後守さまは下屋敷にいらっしゃっていたのですか」

「はい。昼ごろには他の乗物や駕籠などがお屋敷に入っていきました。昼間から宴席が設けられていたのではありますまいか」

大家が思いだして言う。

「よく、宴が催されることはあるのですか」

「肥後守さまが江戸に来られたとき、親しいお方を招いて宴席を設けるようです」

「そうですか」

では、あの怪我人は招待された客のひとりだったのかもしれない。そして、怪我を負わせた相手は……。

宴席で何かが起きたのではないか。たとえば、肥後守が激怒をし、客のひとりに脇差で襲いかかった。周囲の者が引き止めたが、刃は客の腹部に突き刺さった。

あるいや客同士で口論になったか。ともかく、宴席で何かあったことが想像された。

「宴は夜まで続いたのですか」

「いえ、夕方には肥後守さまも引き上げられたみたいです」

「徳造さんはその宴のことを知っていたんですか」

「ええ、徳造が私に言っていたんです。肥後守さまのお屋敷に、朝から樽酒や仕出しの料理などが運ばれていると」

「徳造さんが話していたんですか」

「そうです」

「肥後守さまのお屋敷で何かあったとかは聞いていないんですね」

「いえ、何も」

「その夜、徳造さんが帰って来たのは？」

「確か、遅かったようです。そうそう、四つ半（午後十一時）ぐらいだったと思います。いつものように酔っぱらっていました」

「そうですか」

宵の口に呑み屋に行く途中で、下屋敷に新吾たちが入って行くのを見て、それから四つ半近くまで呑んでいたのだろうか。

「高橋の近くにある居酒屋でしたね。なんという店なのでしょうか」

「『酔仙《すいせん》』という屋号です」

「わかりました」

新吾は礼を言い、大家と別れた。

やはり、怪我人は肥後守の下屋敷の前を通った。宴が終わったあとで、刃傷沙汰があったのだ。

門の前で誰かが出てくるのを待ったが、潜り戸が開く気配はなかった。だが、長屋の小窓から誰かがこっちを見ているような気がした。新吾が顔を向けると視線は消えた。

その長屋の小窓の下まで行き、

「もし」

と、新吾は声をかけた。

しかし、応答はなかった。

諦めて、新吾はその場を離れた。小名木川沿いを行き、高橋の手前の路地を曲がったところに『酔仙』という居酒屋を見つけた。

新吾は玉暖簾《たまのれん》をかき分けて中に入る。日傭取《ひようと》りや駕籠かき、職人などで賑わっていた。

「いらっしゃいませ」

小女《こおんな》が近付いてきた。

「ちょっとお訊ねしたいのですが、徳造という年寄りをご存じですか。よく、こちらで呑んでいたそうですが」

「知っています。いつも店を閉めるまで呑んでいます。すぐ厭味《いやみ》を言う嫌なお客です」

小女は露骨に顔をしかめた。

「だいぶ嫌われていたようですね。徳造さん、四日前の夜はここで呑んでましたか」

「来てました。帰ってもらうのに苦労しましたから」

「何時ごろ引き上げたかわかりますか」

「店を閉めるのは五つ半（九時）です。それから、追い出しました」

小女はいたずらっぽく笑った。

「そのとき、徳造さんはかなり呑んでいたんですか」

「そうですね。かなり酔ってました。徳造さん、どうかしたんですか」

「殺されました」

「えっ」

小女は目を丸くした。

そばで呑んでいた日傭取りらしき男がふたり驚いたような顔を新吾に向けていた。

徳造は五つ半に店を出て、長屋に帰ったのは四つ半。一刻ほど、どこで何をしていたのか。

「徳造さん、どっちのほうに歩いて行ったかわかりますか」

「自分の長屋のほうです」

「徳造じいさん」

日傭取りらしい陽に焼けた男が口をはさんだ。

「川っぷちのどこかで寝込んだんじゃないか」

「川っぷちというと、小名木川の？」

「そう。何度か、柳の陰で酔っぱらって寝ているのを見たことがある」

その場所を聞いて、新吾は『酔仙』を出た。

肥後守の下屋敷のほうに向かう。川っぷちの柳を見ながら歩いていると、柳の葉が垂れ下がり、周辺に雑草が生い茂っていて、通りからは目につきにくく、寝込むにふさわしい場所だと思った。

雑草が倒れているのは徳造が横たわった跡のような気もしないではない。そう思いながら、目を転じて見えたのが肥後守の下屋敷の門だ。

あの夜、徳造は酔っぱらってここで寝込んだ。だが、途中で目を覚まし、何かを見たのではないか。

何を見たのだろうか。しかし、そのことが殺される理由になるのだろうか。

新吾は踵を返し、大川《おおかわ》のほうに向かう。高橋を過ぎ、万年橋《まんねんばし》南詰に差しかかった。

途中でつけられているのに気づいていた。

振り返ったが、暗い道に怪しい影はなかった。新吾はじっと人通りの絶えた通りを見つめる。

暗がりの中に微かな息づかいが聞こえてくるような気がした。正体を突き止めようと歩きだそうとしたとき、気配が消えた。

静寂が訪れた。魚が跳ねたのか、小名木川に水音がした。新吾は諦めて引き上げた。

佐賀町を過ぎ、永代橋を渡った。橋の真ん中で立ち止まった。橋詰に侍が立っているのがわかった。

暗くて顔はわからないが、体つきから待田文太郎のように思えた。雲間から月が顔を出した。

月影が射した刹那《せつな》、侍は踵を返した。新吾は追ったが、侍は闇に姿を消した。

文太郎だろうか。だとしたら、なぜ……。やはり、手当てをした怪我人のことと関わりがあるのか。徳造は何かを見たのだろうか。徳造はその怪我人について何かを知っていたのではないか。それで、口封じのために殺された。

ひょっとしたら、治療が終わって幻宗が引き上げたあと、怪我人は舟で別の場所に運ばれたのではないか。

待田文太郎が怪我人はいないと言ったのはすでに別の場所に移されたからだ。それを徳造が見ていたのだろうか。

しかし、そうだとしても、それが殺しの理由になるだろうか。そんなことを考えながら、新吾は永代橋を渡り、小舟町の家に向かった。

五

翌日、朝餉のあと、格子戸の開く音がした。ほどなく、女中が義父を呼びにきた。

湯呑みを置き、順庵は立ち上がった。

新吾は自分の部屋に戻った。

追うように順庵が部屋にやって来た。

「新吾」

襖を開けて、順庵が入ってきた。

「頼みがある。急患だ。わしはちょっと急用が出来てな。代診を頼みたいのだ」

「わかりました。どちらに？」

「『栃木屋』だ」

順庵は負い目があるかのように消え入りそうな声で言う。

「『栃木屋』のご隠居ですね」

内儀おせいと手代正吉の行方はいまだにわからない。

「そうだ。また発作を起こしたそうだ。すぐに行ってもらいたい」

有無を言わさず、順庵は命じた。

「わかりました」

新吾は薬籠を自分で持ってすぐに大伝馬町にある『栃木屋』に向かった。隠居は喘息持ちだった。

小舟町と大伝馬町は近い。往復してもたいして暇もかからない。それでも代診を頼んだのは、おせいがいないからだ。

勝手といえば勝手だが、順庵らしいわかりやすい態度だった。

大伝馬町の『栃木屋』に着き、家人のための出入り口から訪れた。

「ごめんください」

新吾は奥に向かって呼びかける。

奥から若い小肥りの女中が小走りでやって来た。

「順庵先生ではないのですか」

女中が不審そうにきく。

「義父順庵に代わり、倅の新吾が参りました」

新吾は挨拶する。

「わかりました。どうぞ」

隠居の病床までほっぺの赤い女中に案内された。

奥の部屋に行くと、やせさらばえた老人がふとんの上に半身を起こしてぜえぜえ言っていた。横たわっているのも苦しいのだ。

女中があわてて隠居の背中をさすった。

「順庵先生の？」

隠居は喘ぎながらきく。

「はい、倅です」

ぜえぜえしながらでも、隠居は口をきくことが出来る。容体を診てから、

「さあ、これを飲んでください。すぐ、楽になります」

と、新吾は幻宗が漢方薬の麻黄《まおう》に大麻などを調合した薬を飲ませた。幻宗は自分が調合した薬を新吾に自由に使わせている。飲み終えるのを待って、女中が再び背中をさすりはじめた。

隠居の呼吸が徐々に落ち着いてきた。

「だいぶ楽になった。もういい」

隠居は女中に言う。

「横になりましょう」

女中は背中をさすっていた手を止め、背中を支えながら寝かせた。

「今までは季節や陽気の変わり目だとかに起きていたのに、最近は急に発作が起きるようになった」

隠居がいらだったように顔を歪ませ、

「おせいのせいだ」

と、吐き捨てた。

「義父から聞いています。内儀さんはまだ？」

新吾はきいた。

「まだだ。手代と家を出て行きやがった。そのことを考えると、発作が起きる。先生」

隠居がやせてよけいに目立つぎょろ目を向けた。

「おせいのことをどうしても考えてしまうんですよ。器量がよくて気立てのいい、それでいて働き者のおせいを気に入り、小商いの家の娘で釣り合いはとれないことを承知して、私は嫁に選んだんだ。私の見込みどおり、おせいが来てから、大名屋敷や旗本屋敷にも出入りを許され、店も活気が出て繁昌した。私の目に狂いはなかったと喜んでいたんだ。そのおせいに裏切られて……」

一気に喋った隠居の息が荒くなった。

「お気持ちをお察しします。でも、くよくよ考えていては体に障《さわ》ります。なるたけ、そのことを忘れ、心穏やかになさってください」

「無理ですよ。こうして横になっていると、おせいが思いだされるのです。せめて、おせいに恨みのひとつでも言いたい」

隠居は激しく言い、

「先生はいろんな患者と接するでしょう。おせいと正吉を見かけた人間に出会うかもしれません。気を配っていてください」

「わかりました。心がけておきますからご隠居さんはよけいなことを考えないように」

新吾は励ますように言う。

「どうぞ」

女中が茶をいれてくれた。

「すみません」

湯呑みに手を伸ばしたとき、寝息が聞こえてきた。隠居が眠った。少し、落ち着いたようだ。

「あの……」

女中が呼びかけたとき、障子が開いて、三十代半ばで鼻筋の通った男がやって来た。主人だろう。色白のおとなしそうな男だ。

「ごくろうさまです。主人の房太郎《ふさたろう》です」

腰を下ろしてから、房太郎は挨拶をし、

「父の容体はいかがでしょうか。最近、頻繁に発作が起きるので……」

と、きいた。

「気に病んでいることがあるからです」

「そうですか」

房太郎は苦しげな表情で頷く。

「失礼ですが、内儀さんの行方はまだ？」

新吾は思い切ってきいた。

「お恥ずかしい話ですが、いっこうにわかりません」

房太郎は目を伏せ、ため息混じりに言う。

「義父もとても気にしておりました」

「順庵先生にも心配いただきました」

「何か心当たりはございませんか」

「何も」

房太郎は首を横に振った。

「あの日はどちらにお出かけを？」

「旗本の杉浦藤四郎《すぎうらとうしろう》さまのお屋敷にご挨拶に行くと言って出かけました。夜になっても帰ってこないので、駿河台《するがだい》にある杉浦さまのお屋敷に使いを出しました。すると、御用人さまが、家内は挨拶してすぐ帰ったと」

「では、杉浦さまのお屋敷を出てから行方がわからなくなったのですか」

「そうです。お屋敷近くの辻番所の番人にきいてもよくわからないのです」

おせいと正吉との仲に気づかなかったのかときこうとしたが、酷なような気がして思いとどまった。

茶を飲み干して、新吾は挨拶をして立ち上がった。

房太郎は手を叩き、女中を呼んだ。

「お見送りをして」

「はい」

ほっぺの赤い女中は、

「どうぞ」

と、案内に立った。

出口に向かう途中、新吾は声をかけた。

「さっき、何か言いかけませんでしたか」

「はい」

女中は廊下の背後を見回し、

「うちに出入りをしている小間物屋さんが回向院《えこういん》の境内で年上の女と若い男を見かけたと女中に話していたそうです。美しいひとだったそうなんです」

女中は真剣な眼差しで、

「もしかしたら、内儀さんと正吉さんではないかと思ったんですが」

「その話は旦那さまには？」

「いえ、話していません。ほんとうかどうかわかりませんので。ただ、下男の富助《とみすけ》さんには話しました」

「ひょっとして、富助さんは回向院まで？」

「はい、行ったそうです。あの周辺を歩き回ってみたそうですが、ふたりは見つからなかったそうです」

「あなたは、そのふたりが内儀さんと正吉さんだと思っているのですか」

「一度、内儀さんのお供で回向院に行ったことがあるんです。それで、もしやと……」

「つかぬことをお伺いしますが、内儀さんが家を出た理由に心当たりはありませんか」

新吾はさらに声をひそめてきいた。

「いえ」

「旦那さまとは仲がよかったのですか」

「と、思いますけど」

女中は微妙な言い方をした。

「旦那さまには、外に女のひとはいなかったのでしょうか」

「私にはわかりません」

女中は首を横に振った。

「内儀さんは、それらしきことを言ってはいなかったのですね」

「聞いたことはありません」

「内儀さんが『栃木屋』で、肩身の狭い思いをしていたことはありませんでしたか」

「いえ、そんなふうには見えませんでした」

おせいが正吉と好き合って逃げたというより、おせいは夫婦仲が悪く、『栃木屋』から逃げ出したかった。かねてから、おせいを慕っていた正吉が同情をしていっしょに逃げた。そういう筋書きならば、おせいが家を出た理由がまだ腑に落ちるのだが……。

「富助さんにお会いすることは出来ませんか」

「富助さんにですか」

女中は困惑している。

「私も内儀さんを捜したいと思っているのです。私は裏口で待っています。富助さんにそう伝えていただけませんか。いくら待っても来なければ、富助さんの都合がつかなかったのだと思って諦めます」

「わかりました」

新吾は外に出てから裏口にまわった。

土蔵の陰に入って、強い陽射しを避けた。裏道に人気はなかった。しばらく待ったが、裏口が開く気配はなかった。

四半刻（三十分）経って諦めて引き上げようとしたとき、裏口の戸が開き、尻端折《しりばしょ》りした三十歳ぐらいの男が出てきた。

男は新吾を見つけると、近付いてきて声をかけた。

「宇津木先生ですか」

「はい。富助さんですね」

「へえ。そうです。内儀さんと正吉さんのことだそうで」

「ええ。回向院まで捜しに行ったそうですね。小間物屋さんが見かけたという男女は見つかったのですか」

「ええ、それが、ふたりのことを見ていたひとはいたのですが、うちの内儀さんではないようでした」

「どなたが見ていたのですか」

「参道にある水茶屋の婆さんです。婆さんの話だと、内儀ふうの美しい中年増と手代ふうの若い男が参拝の帰りに甘酒を呑んだそうです。そのとき、内儀ふうの女が些細なことで若い男を叱っていたと言うんです。若い男が客の娘に見惚れていたので、みっともないとたしなめたのだそうです。うちの内儀さんはそんなことで声を荒らげるようなお方ではありませんから」

富助は苦笑して言う。

「顔だちはどうなんですか」

新吾は念のためにきく。

「背恰好も少し大柄で、顔だちも派手な感じだったということです。うちの内儀さんは楚々《そそ》としていますから」

「婆さんははじめて見かけたのですか。それとも、以前から何度も見かけていたのでしょうか」

新吾はなおもきいた。

「はじめてだったようです。目につく美人だったので気になったと言ってました」

「ふたりは回向院からどうやって帰ったんでしょうか」

「駕籠です」

「駕籠ですか。その駕籠屋を見つければ、どこまで乗せたかわかりますね。あなたはそこまでは？」

「いえ、調べていません。だって、内儀さんではないようですからね。もう、いいですかえ、戻らないと」

富助は少しむっとしたように言う。

「すみません。ありがとうございました」

新吾は礼を言い、裏口に入って行く富助を見送った。

念のために確かめておく必要がある。まだ、昼前だ。無駄足を踏んでとしても、回向院まで行ってみようと、新吾は思った。

第二章　襲撃

一

新吾は両国橋《りょうごく》を渡り、回向院にやって来た。大勢の参詣客で賑わっている参道を、富助から聞いた水茶屋を捜しながら行く。

その水茶屋は参道のとば口近くにあった。店を覗くと、確かに婆さんが甘酒を運んでいた。

新吾は手が空いた頃を見計らって、

「すみません。ちょっとお伺いしたいのですが」

と、婆さんに声をかけた。

「なんですね」

婆さんが客ではないと知ってもいやな顔をしなかったのは、薬籠を持っている新吾を医者だと思ったからだろう。

「内儀ふうの美しい中年増と手代ふうの若い男がこちらで甘酒をいただいたそうですね」

「ああ、おまえさんも、あのふたりのことでかね」

「はい。どうしても、そのふたりがどこのお方か知りたいのです」

「きれいな女のひとだったんで、気になっただけで、どこのどなたか知りませんよ。はじめてでしたからね」

「駕籠で帰ったそうですね」

「ええ、女のひとが若い男に駕籠を捜すように言ったんですね。それで、若い男が私に近くに駕籠屋がないかときくので、教えてやりましたよ」

「どこの駕籠屋なんですか」

「横網《よこあみ》町にある『駕籠十《かごじゅう》』さんですよ」

「で、『駕籠十』さんの駕籠がやって来たんですね」

「ええ、提灯に、丸に十の字の印がありましたからね」

婆さんは言ってから、

「あのふたりにどんなわけがあるんだえ」

と、好奇の目を向けた。

「わかりません。あるひとから捜すように頼まれただけなんです。すみません」

「あら、そうかえ」

婆さんは不満そうな顔をしたが、新しい客が来て、相好《そうごう》を崩してそっちに向かった。

「ありがとうございます」

礼を言って、水茶屋を出た。

別人であることはほとんど間違いないが、それでもはっきり確かめないと落ち着かなかった。

新吾は横網町に向かった。

『駕籠十』はすぐにわかった。間口の広い店先に空駕籠が並んでいる。

新吾は土間に入った。番頭らしい男が応対に出てきた。

「いらっしゃいまし」

「客ではありません。ちょっと他のお客さんのことでお伺いしたいのですが」

と断わり、新吾は回向院前から駕籠に乗った客のことを訊ねた。

「美しい中年増と若い男ですか」

番頭は板敷きの間にいる駕籠かきのほうに顔を向け、

「どうだ、回向院前から美しい中年増と若い男を乗せた者はいるか」

と、声をかけた。

すると、将棋を指していた筋骨のたくましい男が、

「その客なら俺たちが乗せた」

と、名乗り出た。

新吾は近付いて、

「どこまで乗せたのでしょうか」

と、きいた。

「なぜ、そんなことをきくんですかえ」

駕籠かきが警戒ぎみにきく。

「その女のひとが落した物を拾ったので、届けたいのです」

新吾は口実を言う。

「落とし物？」

駕籠かきは相棒と顔を見合せた。

「そういうわけなら、教えて差し上げなさい」

番頭が口を挟んだ。

「わかりやした。蔵前《くらまえ》の『井筒屋《いづつ》』ですよ」

駕籠かきは行き先を口にした。

「蔵前？」

「あのきれいな女は札差《ふださし》の『井筒屋』の内儀さんで、供の男は手代ですよ」

「ほんとうですか」

「嘘をついたってしょうがねえ」

「すみません。そういうわけではないんです。助かりました」

礼を言い、『駕籠十』を出た。

『井筒屋』は新吾の実家の田川家の蔵宿《くらやど》だ。蔵宿とは札差のことで、俸禄米の売買を生業としている。『井筒屋』は俸禄米の支給日に田川家に代わって御蔵から俸禄米を受け取り、米問屋に売却して金に換えて屋敷に届けてくれるのだ。

まさか、回向院の男女が『井筒屋』の内儀と手代だとは思わなかった。すでに、おせいと正吉ではないことがはっきりしたが、内儀と手代という同じ関係なので、『井筒屋』の内儀に会えば、何か手掛かりになるような話が聞けるかもしれないと思った。

両国橋を渡り、広小路に出た。昼を過ぎて、青物市場に代わって芝居や見世《みせ》物の掛け小屋が出来、水茶屋や食べ物屋などの葦簾《よしず》張りの店も並んでいた。

浅草《あさくさ》御蔵のほうに足を向けかけたが、いきなり訪ねるより、父か兄に『井筒屋』のことを確かめてからのほうがいいと思いなおした。さらに、これ以上帰りが遅くなっても順庵が困ると思い、反対の小舟町のほうに足を向けた。

新吾は急いで小舟町の家に帰った。だが、順庵は往診に出かけていた。

義母が出て来て、

「お客さまがお待ちだよ」

と、教えた。

「どなたでしょうか」

まさか、良範ではあるまいと思いながらきいた。

「伊東玄朴さまです」

「玄朴さまが」

薬籠を置き、新吾は客間に行った。しかし、玄朴はいなかった。さてはと思い、新吾は自分の部屋に行った。

襖を開けると、玄朴は書物を見ていた。

「すまない。勝手に入ってしまった」

書物を戻し、

「素晴らしい書物がたくさんある」

と、目を見張って言う。

「ほとんど、もらいものなんです」

上島漢泉が持っていたものだ。

「いいか。こういう書物を読むことも重要だが、それが目的ではない。いつかは自分でも書かないとな」

必ず、ひと言口にしないとすまない玄朴らしいと思いながら、玄朴の言葉を思わず繰り返した。

「自分で書く……」

「そうさ。いつか自分で新しい医学書を発表するのだ」

いつかは自分もこういう書物を残したいと思っていたが、いざ玄朴から言われると、新吾は身震いをするような興奮に襲われた。と、同時に玄朴の志の高さに改めて目を見張らざるを得なかった。

「何を驚いている？」

玄朴が不思議そうにきいた。

「いえ。玄朴さまのお言葉をしっかり胸に留めておきます」

新吾は真顔になった。

「そうしろ」

部屋の真ん中にあぐらをかいて、玄朴は続けた。

「じつは無事引っ越しが済んだので、挨拶にきた」

「下谷長者町でしたね」

「そうだ。幻宗先生から借りた金で引っ越しをし、医院を開くことが出来た」

新吾の顔を見て、玄朴はきいた。

「幻宗先生から何か言われたろう?」

「ええ」

新吾は曖昧《あいまい》に頷く。

「俺も説教された」

玄朴が苦笑した。

「よほどのことがあったとしても、同輩や年下の者から金を借りるのはいただけないとな」

「幻宗先生は厳しいですね」

「しかし、確かにそうだ。もし、返せなくなったら、お互いの関係がまずくなる。それより、金を貸した側と借りた側という関係を作ってしまうのはよくない。幻宗先生の言うとおりだ」

玄朴は頷きながら、

「幻宗先生は俺とそなたを末永く付き合わせようとしている。だから厳しく言ってるのだ」

と、幻宗の思いを口にした。

「はい。幻宗先生は、いつか玄朴さまが私を引き上げてくれるお方だとみているのです」

新吾も感じたことを口にした。

「いや。幻宗先生は俺にはこう言った。そなたをぐっと押し上げてくれるのは新吾だと」

「幻宗先生が？」

「そうだ。上の者が自分を引き上げ、下のものが自分をぐっと押し上げる。そういうことなのだ。やはり、あのお方には敵わぬな」

玄朴は苦笑し、

「だが、この前、俺が言ったことは忘れるな。そなたが、富と栄達を求めるなら、いつか幻宗先生から離れなければならない」

新吾は小首を傾げ、

「玄朴さまは、幻宗先生と縁を切らねばならないと仰いました。しかし、縁を切らずとも、進むべき道を進めると思うのですが」

「いや。そなたは必要以上に幻宗先生に心酔している。幻宗先生の生き方、考えに影響されている。富と栄達を求めるにはきれいごとではいかないこともある。そのとき、そなたの心に迷いが生じる。つまり、そなたは手を汚さねばならぬときに直面する。そうしなければならないときに、手を汚すことが出来るかどうかだ。幻宗先生を信奉していれば手は汚すまい。だが、それでは富と栄達は望めぬ。まあ、いつかわかるときがこよう」

玄朴は厳しい表情で言い、

「長居しては申し訳ない」

と、玄朴は立ち上がった。

新吾も立ち上がると、

「見送りはいい」

と言ったあと、ふと思いだしたように、

「そなたのところに長英から何か言ってきたか」

と、きいた。

「高野さまですか。いえ、高野さまが何か」

「江戸に戻ってこようとしている」

「まだ、九州に？」

高野長英は去年の八月まで長崎の鳴滝塾で塾頭をしていた。が、シーボルト事件が起こると、連座で鳴滝塾の主だったものが投獄された中、長英はうまく逃げ延び、江戸にやって来て幻宗のところに隠れ住んだのだ。

だが、幕府隠密の間宮林蔵《まみやりんぞう》に目をつけられ、幻宗のところから去った。その際、九州に優れた蘭学者がいるのでそこに行くと言っていた。

「鳴滝塾でいっしょだった友人の話では、やはり九州にいた。だが、長英は江戸に出たがっているそうだ」

「そうですか」

「いずれ、江戸に出てこよう。俺が言うのも何だが、奴が金を借りにきても貸すな」

「えっ？」

「江戸に出てきたら、医業を開く元手を手に入れなければならない。おそらく、鳴滝塾でいっしょだった友人から金を借りようとするだろう。あるいは俺のところまで借りにくるかもしれない」

玄朴は顔をしかめ、

「俺は貸さぬ」

ときっぱり言ったが、そのあとで、

「もっとも、俺自身が借金をしている身で、偉そうなことは言えないがな」

と、自嘲した。

「玄朴さまは高野さまとは親友ではないのですか」

「どうかな。俺と長英は好敵手でもあるからな。だが、新吾、そなたが俺につくか、長英につくかでそなたの人生も大きく分かれるだろう」

「……」

どうも玄朴は意味ありげなことを言う。その内容が極端だ。幻宗と縁を切れとか、玄朴と長英のどっちにつくかとか。先を見通す何かがあるのだろう。

「邪魔した」

玄朴は引き上げた。

夕方になって、往診から戻った順庵が新吾の部屋にやって来た。

「どうだった?」

『栃木屋』の件だ。

「まだ、行方はわかりません」

「そうか」

「『栃木屋』に出入りする小間物屋が、回向院で内儀さんと正吉らしい男を見かけたというので、回向院まで行って調べてきました。でも、別人でした」

「回向院に現われるはずはない。すでに、死んでいるに違いないからな」

順庵は悲痛な声で言う。

「でも、まだそうだとは……」

「きょうまで行方がわからないのだ。おせいはたいして金を持っていなかったようではないか。最初から死出の旅に出るつもりだったからだ」

「支援者がいたとは考えられませんか」

「支援者?」

「誰かがふたりを匿《かくま》っているんです」

「そんな人間がいるとは思えない」

順庵は否定したが、新吾は第三者の存在も考えられるような気がしてならなかった。ふたりに同情した人間が手助けをしているのかもしれない。

たとえばと、新吾は札差『井筒屋』の内儀のことを考えた。ふたりに交流があり、親しい間柄だとしたら、十分な協力者になり得る。

そう考えながら、あり得ないとすぐ首を横に振った。

夕餉の支度が出来たと、義母が呼びに来た。

夕餉の席についたが、順庵は酒を呑みはじめた。近頃、酒量が増したのはやはりおせいの失踪のせいかもしれない。

順庵が心を痛めるぐらいだから、おせいはよほど美しく、やさしい女だったのだろう。そんな女が夫の房太郎を裏切るだろうか。そのことが気になった。

二

翌日は幻宗の施療院に行く日だった。朝、いつもより早く、新吾は家を出た。

永代橋を渡り、小名木川に出て、肥後守の下屋敷の裏にある海辺大工町に向かった。

徳造は狷介《けんかい》で、狡賢《ずるがしこ》いところがあったが、根は寂しがり屋だった。体に不調がないのに施療院にやって来たのも話し相手が欲しかったからだ。

真剣に話を聞いてくれる相手がいなかった徳造には、新吾はいい話し相手だったのだろう。

だが、新吾が話したことが徳造を死に追いやったかもしれないと思うと胸が引き裂かれそうになった。

徳造は肥後守の下屋敷に入って行く幻宗と新吾を見ていた。そのことを問われ、新吾は怪我人を治療したことや、その翌日に怪我人がいなくなった不可解な出来事を徳造に話した。

徳造はそのことと自分が知っている何かとを結びつけたのだ。徳造は居酒屋の『酔仙』を出たあと、下屋敷に近い川っぷちで酔っぱらって寝込んでしまった。おそらく、物音で目を覚ましたのではないか。

そのとき、徳造は何かを目にしたのだ。怪我人を船で運び出すところだったか。徳造は肥後守の下屋敷のことを調べはじめた……。

そう考えたが、もちろん証があるわけではなく、想像に過ぎない。

高橋の南詰を過ぎ、しばらく小名木川沿いを行くと、肥後守の下屋敷の前に出る。早朝だが、相変わらずひっそりしていた。

徳造はあの怪我人に見当がついたのだろうか。そして、そのことでいくらかに金になると思って、下屋敷に乗り込んだ。つまり、強請《ゆすり》を働いた……。しかし、そのことが強請の種になるとは思えない。

下屋敷の裏にある徳造の住んでいた長屋に行き、木戸を入った裏口から大家の家を訪問した。

「ごめんください」

戸を開けて呼びかけると、大家がすぐ顔を出した。

「おや、あなたは？」

「幻宗先生のところの宇津木新吾です。また、徳造さんのことでお伺いしたいことがありまして」

新吾は挨拶する。

「どうぞ、お上がりなさい」

「いえ、ここで」

遠慮してから、新吾は切り出した。

「十七日の夜四つ半ごろに帰ってきた徳造さんの様子を思いだしていただきたいのですが」

「徳造の様子？」

「思案げだったとか、何か呟いていたとか」

大家は顎をなでて、

「どうだったかな。いや、待てよ」

大家は眉根を寄せた。

「何か」

新吾は思わず身を乗り出した。

「木戸を開けてやって中に入ったあと、何かぶつぶつ言っていたな。なんだったか……」

大家は首をひねっていたが、何かを思いだしたらしく、

「そうだ。ずいぶん、重そうだったと言っていた」

「重そう、ですか」

やはり、怪我人を下屋敷から運び出すのを見たのだろう。幻宗と新吾が下屋敷に入って行ったことと思い合わせ、徳造は何かを敏感に察した。

「徳造さんは、下屋敷の中間や下男などとつきあいがあったかどうかわかりませんか」

「そういえば、三日前の昼頃、小名木川の川っぷちで中間ふうの男と話していたのを見ました」

「殺された日ですね」

「そうです」

「どんな様子だったか覚えていますか」

「徳造が中間ふうの男にしつこく食い下がっているようでした。そうか、その夜に、徳造は殺されたんだ。もしかして、その中間と何かがあって」

「どんな男か覚えていますか」

八助ではないかと思った。

「たくましい体つきでした。顔もいかつい」

そう言ったあと、大家は口にした。

「そうだ。中間は肥後守さまの下屋敷に奉公している男に違いない。やはり、徳造は下屋敷に関わることで……」

「いえ、徳造さんが殺されたこととは関わりないと思います」

新吾はきっぱりと否定した。

「そうでしょうか」

大家は納得いかないような顔をした。

「伊根吉親分の探索はどうなっていますか」

「まったく進んでいないようです。いちおう、たちのよくない連中を当たっているようですが」

「そうですか」

やはり、伊根吉は見当外れを探索しているようだ。

新吾は大家の家を出て、再び肥後守の下屋敷の前に差しかかった。ちょっとためったが、新吾は門に向かった。八助に会ってみたいと思ったのだ。

潜り戸を叩いたが、応答はない。潜り戸も閂《かんぬき》がかかっているようで、びくともしなかった。

しばらく待ったが、門番が応じる気配はなく、新吾は諦めて引き上げた。しかし、門番所の窓から強い視線が注がれていることに気づいていた。

それから、幻宗の施療院に出た。

昼過ぎに、怪我人が担ぎ込まれた。幻宗はその措置をしなければならなかった。

「すまないが、北森下《きたもりした》の吾一《ごいち》のところに行ってくれぬか。新しく調合した薬を与えてみたい。痛み止めだ」

「わかりました。他にまわってくるところはありますか」

「いや、いい」

「では、行ってきます」

きょうもたくさんの患者がやって来た。薬礼をとらないというのはだいぶ遠くまで知れ渡り、下谷、浅草のほうからも患者がやってくるようになった。

遠方の患者にはかなり重症な者もいた。金がなくて医者にかかれない患者が最後のよりどころとして幻宗を頼るのだ。

そういう患者が増えてきて、近頃、変わった傾向になってきた。それは、遠方の重症患者が遠くて通うのに不便なので、この近くの長屋に引っ越してくるようになったのだ。

そんな患者が三人いる。その中のひとりが、吾一という五十過ぎだ。腹に腫れ物が出来て、物が食べられなくなった。巨漢だったようだが、一年前にこの施療院にやって来たときには痩せて体は半分になっていたという。

ずっと施療院に通ってきていたが、吾一はひと月ほど前から寝たきりなった。ときたま、幻宗に代わり、新吾が往診に行く。きょうも、新吾が北森下町にある吾一のところに行った。

二階家の長屋に挟まれた陽の射さない棟割長屋に、吾一はひとりで暮らしていた。食事の支度は同じ長屋のかみさんにしてもらっていた。

軋《きし》む腰高障子を開けて土間に入る。

薄暗い部屋で吾一は寝ていた。新吾は部屋に上がり、枕元に座った。

「先生、来ていたんですか」

吾一は目を開けた。

「今、来たところです」

若いころは箱根《はこね》で雲助をしていたらしい。

雲助とは旅人の荷物をかついで山道を上り下りしたり、山駕籠の駕籠かきをしたりする男たちだ。

「どうですか」

新吾はきいた。

「薬のおかげで、だいぶいいです」

吾一は答える。

「それはよかった」

「でも、悪くなるのを抑えているだけで、本格的な回復は無理なんですよね」

「……」

新吾は返事に窮《きゅう》した。

「わかってます。幻宗先生のところに来なければ、とっくに死んでいたはずです。一年も生き長らえただけでありがたかった」

吾一はしみじみ言う。

「死ぬのはまだ先です」

「でもね。寝たきりで生きていても仕方ありません。そう思いませんか。それに、このしこり、ずいぶん大きくなった」

吾一は腹に痩せた手を持って行った。

「先生。思い切ってこのしこりをとってくださいな」

「えっ?」

「腹を裂いて、しこりを切り取っちゃってくださいな」

吾一が訴える。

「残念ながら、今の医術ではそこまで出来ません」

新吾はなだめるように言う。

「危険だと言うんですかえ」

「そうです。薬で、しこりを小さくしていくしかありません」

「先生。薬を飲んでも小さくはなりませんぜ。腹を切ってくださいな。あっしは、別にもういいんですぜ」

「そんな弱気になってはいけません」

「そうじゃねえ。あっしは若い頃、箱根でさんざん悪いことをしてきた。旅人をだまして金をふんだくったり、女の旅人を手込めにしたこともあるんです。こんな男がきようまで生き長らえてきたのにはわけがあるんですよ」

「わけ？」

「ええ。先生。あっしも最後は人さまの役になることをして死んでいきてえ」

「……」

「こんな体になって、どうして人さまの役に立てることが出来るのだと仰りたいんでしょう。だから、腹を裂いて、しこりをとってもらいたいんです」

吾一が眼光を鋭くし、

「聞くところによると、幻宗先生は麻酔剤ってのを作ったそうじゃありませんか。でも、まだ試すことをためらっている。それをあっしに使ってもらいたいんですよ」

「そんなこと出来ません。出来たといっても、麻酔剤は患者さんの体に合うか合わないかの見極めがはっきりつかめないので、まだ使うことが出来ないのです」

「先生。あっしは死んでもいいんですよ。あっしに麻酔剤を使って腹を裂く。腹の中でしこりがどうなっているのか見れば、この先、同じような症状の患者の手当てに役に立つんじゃありませんか」

「そんなこと出来ません」

「先生。ほんとうはあっしの体を使って麻酔剤の試しと同時に人体解剖ってのをやってもらいたいんですよ」

「何を言うんですか」

「人体解剖は許されないでしょうから、施術ということで腹の中を見たらどうかなって思ったんです」

「なぜ、そんなことを考えたのですか」

新吾は呆れて言う。

「幻宗先生は金をとらずに患者を診ていなさる。あっしもただで一年も面倒見てもらった。何か恩返しをしなきゃ、自分の気持ちが治まらない。腹を裂いて病気のことがわかれば、人さまの役に立つことにもなるじゃありませんか」

「吾一さん。あなたは病気を治すことだけ考えればいいんです。恩返しなど、考える必要はありません」

「でも、こんな痛みを抱えたまま生きていても仕方ありませんぜ」

「幻宗先生が吾一さんのために新しい薬を調合してくださいました。ともかく、しばらくこの薬を飲んでみましょう」

「ありがてえことです」

吾一は続ける。

「こんなあっしのような男に、ここの長屋の連中は三度の飯の世話をしてくれるんですぜ。このまま何の恩返しも出来ずに死んでいくのはやりきれません」

「そんなに恩返しがしたければ、長生きすることです。あなたと同じ病気になっても、あんなに長く生きられるのだという勇気を与えてやることも、ひとの役に立つことですよ」

新吾は吾一を励ます。

「そんなもんですかねえ」

「そうです。長生きすること。それが、あなたの役目ですよ」

「へえ」

吾一の目尻に涙を見た。

施療院に帰り、通い患者の最後の治療を終えた。

すでに濡縁で休んでいた幻宗のところに行き、吾一のことを話した。

「そうか。そのようなことを言っていたのか」

幻宗は辛そうな顔をし、

「患者にそのような気遣いをさせるようでは医者として失格だ。まだ、医者として何かが足りない」

と、自戒するように言う。

「貧しい者にも分け隔てなく治療を施す先生の姿に心打たれて、吾一は恩返しをしたいという気持ちになったのでしょうか」

「病気がよくならないという絶望が吾一の気持ちを歪めたのだ。その不安を和らげるために、恩返しということを考えたに過ぎない。吾一の真の心は、どうして病気が治らないのかと叫んでいるのだ。今の医術はそれに応えられない」

幻宗は無念そうに言い、

「最後に、そなたの言葉で涙を流していたと言ったな。それが、本心だ。本人はもっと生きたいんだ」

「そうですね。生きたいんでしょうね」

徳造はなおさら無念だったろうと、新吾は思った。

「先生。それから、徳造さんのことですが」

新吾は切り出した。

「大家さんの話では、徳造さんは中間の八助らしき男に夢中で迫っていたということです。徳造さんは下屋敷から運び出す何かを見ていて、八助に確かめようとしたのではありませんか」

「……」

「肥後守さまはときたま親しいお方を招いて宴席を設けられるようです。あの日も、宴席が開かれました。そこで口論から刃傷沙汰になったのではないでしょうか。徳造さんは、そのことに関わる何かを見たのではないでしょうか」

「奉行所に任せるのだ。医者は医者の務めを果たせばよい」

「でも、徳造さんはここの患者でした。もしかしたら、私の話から、何かを摑んで動きはじめたのかもしれません」

「徳造の仇をとってやりたいという気持ちはよくわかる。知っていることを奉行所に伝えることはやぶさかではない。しかし、そなたが探索に時間をとられている間にも患者は待っているのだ。患者のことを忘れるな」

「はい」

新吾は幻宗の言うことがもっともだと思った。徳造殺しの下手人を捕まえるのは奉行所の役目だ。自分は医者としての本分を務めるのだ。

「では、私はこれで」

「待て」

幻宗が引き止めた。

「そのことより、あの負傷した武士の予後が気になるのだ」

「と、仰いますと？」

「別の医者が傷跡の治療をちゃんと続けていると思うが、へたな治療で雑菌が入って化膿していないか……」

「その危険があるのでしょうか」

「なにしろ、傷が深かったからな。あとを継いだ医者がわかっていればいいのだが……。ともかく、今の傷の様子を知りたい」

「下屋敷の待田文太郎どのにお伝えしておきましょうか」

「そうだな。あの武士の傷の治療を引き継いでいる医者に、何か問題があったらわしのところに来るように話しておいてもらおうか」

「わかりました」

新吾は挨拶をして立ち上がった。


新吾は肥後守の下屋敷に寄ったが、やはり、門番は出てこなかった。ため息をついて、下屋敷の前から去った。

小名木川沿いから佐賀町に入った。つけられているような気配がしたが、永代橋に差しかかった頃には気配はなくなっていた。

小舟町の家に帰り、夕餉をとる。順庵は酒を呑みはじめていた。

「義父上、何か浮かぬお顔のようですが」

いつもより言葉数の少ない順庵を、新吾は訝った。

「なんでもない」

ちらっと、順庵は義母のほうに目をやった。義母のことを気にしているのは、おせいのことで何か新しいことが耳に入ったからではないかと思った。

夕餉をとり終えたとき、格子戸が開く音がした。

ほどなく、女中がやって来て、

「急患だそうです。すぐに来ていただけないかと」

と、伝えた。

「新吾、行けるか」

順庵はだいぶ酒を呑んでいた。

「はい」

湯呑みを置いて、新吾はすっくと立ち上がった。

土間に、印半纏《しるしばんてん》を着た職人らしい男が立っていた。

「私は橘《たちばな》町の長屋に住むものです。仲間のひとりが屋根から落ちて足を挫いて痛がっているんです。診てやっていただきたいのですが」

「骨は折れているようですか」

新吾は確かめる。

「ええ、折れてはいないと思いますが」

「わかりました。ちょっとお待ちください」

「お待ちを。若先生が来ていただけるのですか」

「はい」

男はほっとしたように笑みを浮かべ、

「では、外で待っています」

新吾は痛み止めや打ち身に効く薬、骨にひびが入っているかもしれないので添え木を用意し、土間を出た。

暗がりに男が待っていた。

「ご案内します」

新吾は男といっしょに橋町に向かった。

男は摺り足で、武芸の心得があるような足の運びをしていた。新吾は用心した。

人形町通りを突っ切り、浜町《はまちょう》堀に差しかかった。

「なんという長屋ですか」

新吾は男に声をかけた。

「千鳥《ちどり》橋を渡ってすぐです」

男は問いかけとは別のことを答えた。辺りは暗い。

「怪我人の名は?」

返事がなかった。

橋に近付くと、男がいきなり暗がりのほうに向かって走った。代わりに、橋の袂で人影が動いた。

行く手を遮るように、手拭いで頬被りをした侍が新吾の前に立った。

「なんですか」

新吾は立ち止まった。

「金をいただきたい」

そう言い、侍はいきなり抜刀した。

「物盗りか」

呼びにきた男が姿をくらましたことから、怪我人のことは作り話だったと察した。

ここまで誘《おび》き出されたのだ。

「物盗りではないですね」

新吾は問い詰める。

「覚悟」

新吾の問いには答えず、頬被りの侍は抜き打ちに斬り込んできた。新吾は薬籠を抱えたまま横飛びに避ける。続けざまに相手は斬りつけ、身を翻《ひるがえ》して鋭い刃を避ける。

「誰に頼まれたのだ？」

新吾は問い質す。

「金が欲しいだけだ」

相手は剣を構えて迫る。

薬籠は大事なものだ。新吾は薬籠を抱えながら後退《あとずさ》る。じりじりと相手が迫り、新吾は堀に追い詰められた。

薬籠を投げつけ、その隙をつけば相手を倒せるだろうが、新吾はそのような真似は出来なかった。

「行くぞ」

相手が気合を入れた。

そのとき、「新吾」という声が聞こえた。順庵だ。浪人の動きが止まった。その隙をついて、新吾は脇に逃れた。

「新吾、ほれ」

順庵が刀を放った。

素早く薬籠を置き、飛んできた刀の鞘《さや》を摑む。そこに浪人の刃が襲いかかった。新吾は振り向きながら抜刀し、相手の剣を弾いた。

相手はさっと後退って正眼に構えた。

「私を宇津木新吾と知っての襲撃。誰に頼まれた?」

今度は新吾が迫った。

「金だ」

「見え透いたことを言っても無駄だ」

相手は後退り、いきなり体の向きを変えて走り出した。

「新吾。だいじょうぶか」

順庵が近寄ってきた。

「義父上。助かりました。でも、どうして?」

新吾は不思議に思った。

「そなたが薬籠をとりにいったあと、障子の陰から迎えの男を見たら、含み笑いをしていたのだ。その笑みがひっかかってな」

「それで刀を持ってきてくださったのですね」

「うむ。それにしても、なぜ新吾が狙われたのだ。それも誘き出されて……」

「わかりません」

新吾は首をひねったが、徳造を殺した仲間ではないかと思った。下屋敷の門番所の窓から射るような視線を感じた。敵は新吾の動きを見張っているのだ。徳造と同じに、新吾も相手には脅威なのではないか。

ということは、新吾の考えが間違っていないということだ。今後も、狙われる。それもっと激しく。新吾は徳造のためにも受けて立つと、覚悟を固めた。

三

翌朝、新吾は昼前まで暇をもらった。順庵はわけをきかなかったが、昨夜のことを心配した。

「すみません。では、出かけてきます」

「昨夜のこと、津久井《つくい》どのにお話ししておく」

この界隈を受け持っている南町の定町廻り同心の津久井半兵衛《はんべえ》だ。上島漠泉に引き合わせてもらって以来の付き合いである。

半兵衛の母親の病気を漠泉が治した。そのことで半兵衛は漠泉に恩義を感じており、漠泉との関わりから新吾とも親しくしていた。

「わかりました」

あとのことを順庵に任せ、新吾は家を出た。きょうもよい天気で、永代橋から富士がきれいに望めた。

永代橋を渡って、佐賀町を過ぎ、小名木川に出て、川沿いを東に行く。

小名木川にかかる高橋に差しかかったが、今日は幻宗の施療院に行く日ではないので、まっすぐ肥後守の下屋敷に向かった。

屋敷の前にやって来た。新吾は門に向かう。

長屋門の門番所に向かい、

「もし、お願いします」

と、呼びかける。

また無視されるかと思ったが、潜り戸が開き、先日のいかつい顔の門番が顔を出した。

「すみません」

新吾は声をかける。

「何用か」

門番は無愛想《ぶあいそう》に言う。

「中間の八助さんにお会いしたいのです。呼んでいただけないでしょうか」

「そんな中間のことなど知らぬ」

門番は冷たく言う。

「では、待田文太郎どのをお願いしたい」

「ここにはおらぬ」

「上屋敷ですか」

新吾は確かめる。

「そうだ」

門番は睨みつけて言う。

「また、出直します」

新吾は諦めて引き上げた。

再び、高橋までやって来たとき、岡っ引きの伊根吉と手下の米次に出会った。

「宇津木先生、どちらに？」

伊根吉が新吾が歩いてきた方角を見てきいた。

「徳造さんのことで、村沢肥後守の下屋敷にいる中間の八助さんに話をお聞きしたいと思ったのですが、追い払われました」

新吾は正直に答えた。

「大家が見た中間ですね」

「そうです」

「宇津木先生。何かご存じですね」

伊根吉の目が鈍く光った。

「ええ。ちょうどよいところにお会いしました。じつは」

と、新吾は道端に移動して、

「十七日の夜のことです」

と切り出し、幻宗と新吾は老武士に乞われて村沢肥後守の下屋敷に行き、刃物で腹部を負傷した武士の手当てをしたことを話した。

「その翌日、傷の様子を見に行ったら、そのような怪我人はいないと追い払われたんです。どうやら、怪我人のことを知られたくないようでした。ところが、徳造さんは幻宗先生と私が下屋敷に入って行くのを見ていたんです」

「なるほど」

伊根吉は頷く。

「徳造さんにわけをきかれ、怪我人を手当てしたことと、その怪我人がいなくなったことを話しました。徳造さんが殺されたのは次の日の夜です」

「その日の昼間、徳造が八助という中間にしつこく食い下がっていたのですね」

伊根吉が確かめる。

「そういうわけです」

「こっちも大家の話から肥後守の下屋敷の中間に目をつけて、たくましい体つきの中間が屋敷から出てくるのを待ち伏せて、笹本の旦那といっしょに声をかけたんです」

伊根吉も中間のことを調べていたことを明かした。

「どうでした？」

「徳造と会っていたことは認めました。徳造とは呑み屋でときたまいっしょになったそうで、あの日は徳造と偶然会ったら金を貸してくれとせがまれたということです」

「金ですか」

「しつこかったが、最後まで突っぱねたら、他の者に借りるからと言って離れて行ったということです。でも、今の宇津木先生の話を聞くと、負傷した武士に絡んでのことのようですね」

「そうではないかと思って、話をききたかったのです。私の考えでは、何らかの理由で、負傷した武士をどこかに移したのだと思います。横たわったままですから戸板に乗せ、船に運んだのではないでしょうか。それを徳造さんが見ていたんじゃないかと
……」

新吾は自分の考えを述べた。

「負傷した武士というのは肥後守さまでしょうか」

伊根吉が確かめる。

「肥後守さまのお顔は存じあげませんが、年齢が違いました。ただ、身分あるお方であることは間違いありません」

「誰でしょうか」

「その日の昼間、肥後守さまは親しいお方を招いて酒宴を開いたようです。もしかしたら、客のひとりかもしれません」

「でも、それが殺しにつながりますかねえ」

脇で黙って聞いていた米次が口をはさんだ。

「負傷したお方の身許がわかったところで、殺しをするほどのことではないように思えますが」

「そのとおりです。問題は負傷させたほうです」

新吾は口にした。

「負傷させた？」

伊根吉が顔色を変えた。

「はい。怪我人の傷は脇差で刺された傷でした」

「脇差ということは……」

伊根吉は厳しい顔になって、

「その宴席で、刃傷沙汰があったということですね」

「そうです。何者かが脇差で、怪我人の腹部を刺したのです。酒の上での口論から刃傷沙汰になったのか、かねてからの遺恨かわかりませんが、何者かが刃傷に及んだのです。その傷を負わせた者がどうなったのか……」

「斬られたかもしれませんね」

「下屋敷の人間が隠したかったのは、誰と誰が喧嘩《けんか》になって刃傷沙汰になったのかということかもしれません。ただ、このことと徳造さん殺しがどう絡むのかわかりません」

宴席で、肥後守が激怒し、客のひとりを脇差で刺したか、客同士のいざこざかと、新吾は想像した。

「よく話してくださいました。我らも中間の八助をもう一度問い詰めてみます」

「お願いします」

伊根吉と別れたあと、幻宗のところに寄って、昨夜のことを話しておこうかと思った。昨夜の賊は明らかに新吾を狙ったものだ。他に狙われる理由はないから、徳造を殺った輩の仲間であろう。

徳造のことは奉行所に任せればいい。医者は患者と向き合うことが第一だ。そう言われたばかりだが、襲われたことを話したら、幻宗からなんという答えが返ってくるだろうか。新吾が事件に巻き込まれたことを知り、幻宗はなんと言うだろうか。

幻宗によけいな負担をかけたくないと思い、新吾は施療院には向かわず、そのまま小舟町に帰った。

新吾は小舟町の家に帰った。

新吾が部屋に入ると、順庵が追ってきた。

「津久井どのがさっそく調べてくれた。橘町の長屋に怪我をした者はいなかったそうだ。やはり、そなたを殺めようと誘き出したのだ」

順庵は激しい口調で、

「卑怯な奴らだ」

と、吐き捨てた。

その言い方が気になって、

「義父上は何か心当たりが？」

と、新吾はきいた。

「うむ」

順庵は眉根を寄せて唸って、

「まさかとは思うが……」

と、呟いた。

「なんですか」

「おせいだ」

「おせい？　『栃木屋』の内儀さんですか」

「そうだ。そなたはおせいと正吉の行方を捜しに回向院まで行ったではないか。捜し回るのをよしとしない者がそなたを襲わせたのではないか」

「しかし、回向院に現われた男女はおせいさんと正吉ではなかったのです。まだ、行方の手掛かりさえ摑めていないのに、邪魔になるでしょうか」

「しかし、向こうはそうは思っていないかもしれない」

「……」

順庵は徳造の件を知らない。だから、おせいと正吉の失踪に目を向けているが、徳造を殺った輩の仲間と考えるのが正しかろう。

　これ以上、探索を続けるなという警告より、凄まじい殺気からは命を奪おうとする強い思いが窺えた。

　相手は新吾を殺しにかかっている。やはり、肥後守の下屋敷で起こったことを嗅ぎ回られたくないのだ。

　腹部を刺された武士はその夜のうちにどこかに運ばれた。それより、刺した人間だ。その者はどうしただろうか。

　供の侍に斬られたと考えるのがふつうだ。その刃傷沙汰を公にしたくないのであろう。あの夜、下屋敷で何があったのか。

「新吾」

　順庵が怯えたように、

「もういい。やめろ」

　と、言う。

「何をですか」

「おせいの行方を捜すことだ。危険だ」

「そのせいとは思えません」

「いや、そうとしか考えられない」

新吾は否定するが、順庵は固く信じているようだ。

「じつは、俺はずっと考えていた」

順庵は真剣な表情で、

「ほんとうに、おせいと正吉は出来ていたのだろうか」

「違うと？」

「おせいほどの美しい女が手代風情《ふぜい》と家出をするのは妙だと思うようになった。あれほどの器量なら、それなりの相手を選ぶのではないか」

順庵は熱に浮かされたように続けた。

「おせいは自らの気持ちで家を出た。『栃木屋』の内儀でいることに物足りなさを覚えていたのだ。おせいにはいつからか思いを寄せる男が出来た。その男のもとに走った。その際、正吉を利用したのではないか」

「……」

「正吉は目くらましだ。おせいは、どこかに匿われている。その相手が浪人を雇って新吾を殺そうとしたのだ」

「しかし」

新吾は反論した。

「仮にそうだったとしても、私がふたりを捜しているとどうして知ったのでしょうか。私が動き出してから、まだふつかしか経っていません。それなのに襲われるというのは、あまりにも手回しがよすぎませんか」

「うむ。そうだの……」

何か言いたそうだったが、順庵の声は続かなかった。

「ただ、おせいさんの相手が正吉さんではないというのは当を得ているかもしれません」

新吾は順庵の考えを捨てきれないと思った。

「そう思うか」

順庵は泣きそうな顔できいた。

「はい。おせいさんと正吉さんのふたりを匿う人間がいるというより、おせいさんがどこかに逃げ込んだと考えたほうが当たっているかもしれません。ただ、気になるのは正吉さんのことです」

正吉は利用されただけなのか、おせいのために身を犠牲にして供をしたのか、それによって正吉の安否が分かれる。

「もし、おせいが別の人間のところに行ったのなら、無事だということだ。おせいがそれで仕合わせなら仕方ないが、残された亭主やご隠居さんにはたまったものではない」

順庵は憤慨して言う。

「ええ。ただ、おせいさんはひとを裏切るようなお方には思えないのですが……」

「確かに、やさしいお方だ。だが、相手の男が問題だ」

「おせいさんは男に引きずられるような人間なのでしょうか」

新吾は疑問を口にする。

「わからん」

順庵は怒ったように言い、

「津久井さまには、おせいと正吉が出奔《しゅっぽん》したことと、新吾がふたりの行方を捜して歩き回っていたと話した」

「わかりました」

「そうそう。また、良範どのの使いが来た。明日にでも来てくれないかというのだ。二度も使いをもらった。明日は行ったほうがいいな」

表御番医師吉野良範が何の用か、新吾にお園の件を詫びようというのか、それともまだ何か画策していることがあるのか。

いずれにしろ、行かねばなるまい。新吾の胸に屈託が広がった。

昼過ぎから患家をまわって、新吾は夕方に帰ってきた。夕陽が家々の屋根の向こうに落ちようとしていた。

薬籠を置いて、自分の部屋に戻ったとき、あわただしい足音が部屋の前で止まった。

「新吾」

乱暴に襖を開けて、順庵が部屋に入ってきた。

「たいへんだ。さっき『栃木屋』の富助という下男がやって来た。ゆうべ、正吉の亡《なき》骸《がら》が見つかったそうだ」

「えっ？」

「殺されていたのだ」

「殺された……」

新吾は耳を疑った。心中を懸念していたので、殺されたことは意外だった。

「どこででしょうか？」

「橋場《はしば》の真崎《まさき》稲荷の裏手に埋められていたのを野犬が掘り起こしたという」

「おせいさんは？」

「わからない」

「富助さんは他に何か」

「ただ、そのことだけを知らせにきたということだ」

順庵は憤然と言う。

「義父上、どういたしますか」

新吾はきいた。

「どうとは？」

「『栃木屋』に行ってみますか」

「いや。俺が行っても何の役にも立たぬ。新吾が詳しいことを聞いてきてくれ」

「わかりました」

新吾はすぐに家を出た。

四

大伝馬町の『栃木屋』は店が開いていた。見つかったのは正吉だけのようだ。おせいが死んでいたら商売どころではなかったろう。

家人の出入りする入口から中に入った。女中の案内で、客間に行く。

しばらく待たされてから、主人の房太郎がやって来た。憔悴したような感じだった。

「これは宇津木先生」

深刻そうな顔で、房太郎は目の前に腰を下ろす。

「手代の正吉さんが見つかったそうですね」

新吾は確かめる。

「はい。今朝、知らせを受け、橋場に行きました。もしやと思いましたが、見つかったのは正吉だけです」

「正吉さんは殺されていたそうですね」

「はい。刀で斬られていました」

「刀で？」

「はい。だいぶ腐敗していて、死んでから四日以上は経っているだろうということでした。たぶん、家を出た日にすでに殺されていたのではないかと……。よそで殺されて、運ばれたということです」

房太郎は深刻そうな顔で言う。

「つかぬことをお伺いしますが、内儀さんに言い寄っていた男はいたのでしょうか」

「……」

「すみません。答えづらい問いかけをして」

新吾はあわてて言う。

「いえ。おせいは嫁ぐ前には何人もの男から縁組の申し込みがあったようです。でも、嫁いでからはそのような話はありません」

「たとえば」

新吾は迷ったが、思い切って口にした。

「その当時の男が内儀さんを忘れられずにかどわかしたとは思えませんか」

かどわかしと言ったが、自ら進んでその男のところに走ったのかもしれない。

「そんなことは考えられません」

房太郎は否定した。

「橋場のほうに、内儀さんの知り合いは？」

「おせいは芝神明町の生まれです。橋場のほうには知り合いはいないはずです」

だが、橋場は大店《おおだな》の寮などがある。おせいの相手の男が大店の人間なら橋場に寮を持っているかもしれない。

正吉はその寮で殺されて真崎稲荷の裏手に埋められたのではないか。だとしたら、おせいはまだそこにいるのではないか。

なぜ、正吉は殺されねばならなかったのか。おせいが自らの望んで他の男のところに走ったのなら、おせいは正吉を殺させることはしまい。

新吾は胸が詰まった。おせいもまた正吉と同じ運命を辿っていると言わざるを得ない。しかし、房太郎にとっておせいが生きていても死んでいても、地獄の責め苦を味わっていることに変わりはないだろう。

「正吉さんの亡骸は？」

新吾はきいた。

「腐敗がひどいので橋場にあるお寺で火葬してもらいました。遺骨を国元に届けます」

「そうですか」

「正直申して」

房太郎が口を開いた。

「これでほっとしています」

「ほっとですか」

新吾は痛ましげに房太郎の顔を見る。

「おせいが手代といっしょに出奔したとあっては世間の笑い物です。正吉が殺されていたことで、少なくともその不名誉な扱いからは逃げられますから」

房太郎は自嘲ぎみに笑った。

「……」

新吾はかける言葉が見つけ出せなかった。

「失礼します」

廊下から女中の声がした。

「どうした？」

「ご隠居さまの発作が」

「すぐ診ましょう」

この事態に喘息の発作が出るかもしれないと支度をしてきていた。新吾は隠居の治療に入った。

隠居の発作はすぐ治まったが、やはりおせいの生死を気にしていた。

「おせいはどうしたのか」

「おとっつあん、おせいのことはもう忘れてくださいな。気にしていると、体に障りますから」

「何いっているんだ。うちの嫁ではないか」

隠居はいらだった。

「おせいが自ら家を出たにしろ、何らかの事件に巻き込まれたにしろ、きょうまで、おせいの消息がわからないのは、すでにどこかで死んでいるとしか考えられません。正吉が死んでいたとあっては、ますますそう思わざるを得ません」

房太郎は冷めたように言う。

「おとっつあん。もう、おせいのことは諦めましょう」

「何を言うか。姿を消して、まだ四、五日しか経っていないではないか」

「いえ、もう七日になります」

おせいがいなくなって、気力をなくした哀れな亭主だという印象だったが、ここまではっきり自分の意見を言い切るとは意外だった。

隠居は何か言いたそうだったが、口をぱくぱくさせただけだった。

『栃木屋』から帰って、新吾は自分の部屋で順庵に聞いてきたことを話した。

「房太郎さんは、もうおせいのことを諦めると言ったのか」

順庵は厳しい顔で言う。

「はい。すでにどこかで死んでいるとしか考えられないと。ただ、正吉さんが殺されたことで、ほっとしたと言ってました」

「ほっとした?」

「はい。少なくとも、手代といっしょに逃げたという見方は打ち消せますから。もっとも、内儀さんに逃げられたという不名誉には変わりないでしょうが」

「そうだの」

順庵は目を伏せた。

「こうなると、正吉さんが一番可哀そうですね。内儀さんとの仲を疑われ、あげく殺されていたなんて」

「だが、なぜ、正吉は殺されなければならなかったんだ。おせいさんが好きな男のところに走ったにしても、正吉は関わりないではないか。それとも、正吉はおせいを引き止めたのだろうか」

順庵は疑問を呈し、

「そう考えると、おせいさんが好きな男に走ったという考えに頷けない」

と、はっきり言う。

「義父上はあくまで、おせいさんと正吉が好き合っていたとお思いですか」

「そう考えるほうが頷ける。じつは……」

順庵が言いさした。

「なんでしょうか」

「うむ」

順庵は迷いながら、

「じつは今日、往診した『三ツ木屋《みつきや》』の主人がこんなことを言っていたのだ。以前、房太郎がおせいと正吉を許せないと口走っていたというのだ」

と、口にした。

「『三ツ木屋』？」

「『栃木屋』の並びにある足袋《たび》問屋だ。豊右衛門《とよえもん》という四十になる男で、房太郎とは子どもの頃の遊び仲間だったそうだ」

「房太郎さんがそう言っていたのを、豊右衛門さんはいつ聞いたんでしょうか」

「ひと月ぐらい前らしい」

順庵は言ってから、

「今度の件で、豊右衛門さんは房太郎さんが怪しいと言っていた」

「えっ？」

新吾は耳を疑った。

「房太郎さんは、前からおせいさんと正吉が出来ていることを知っていたらしい」

「まさか」

「房太郎さんはおとなしそうな顔だちだが陰険で、かなり嫉妬深いそうだ」

「義父上も、房太郎さんが誰かを雇ってふたりを懲らしめたとお考えなのですか」

新吾は信じられない思いできいた。

「そう考えれば説明がつこう。おせいさんも殺され、別の場所に埋められているのではないか」

「義父上、そのようなことをよそで言ってはいけません」

新吾は諫《いさ》めた。

「わかっておる。だが、房太郎が黒幕と考えればいちいち説明がつくのではないか。そなたが誘き出されて襲われたのは、房太郎に会っておせいの話をした翌日だったではないか。房太郎なら、雇った浪人をすぐ手配出来る」

「房太郎さんが、なぜ私を殺さねばならないのですか。私は何の手掛かりも摑んでいないのですよ」

「うむ」

順庵は唸ったが、

「房太郎にとっては脅威になることを、そなたは摑みかけているのかもしれない。よく思いだしてみろ」

と、言った。

「いえ、そういったものはありません」

新吾は否定した。

「まあ、いい。奉行所の調べが進めば、いろいろわかってくるだろう」

順庵は言い、

「これから、良範どののところに行ってくるのだ。もう、診療も終わっているだろう」

「わかりました。そのあとで、田川の家まで行ってきたいのですが」

田川家は新吾の実家であった。

「いいだろう。わしもしばらくご無沙汰だ。よろしく伝えておいてくれ」

「はい」

新吾は夕餉を早めに済ませてから、良範の家に向かった。

六月も終りのほうに近付き、日中の陽射しは強いが、朝晩は涼しくなった。風が伝える匂いにも秋の気配を感じた。

新吾は神田川《かんだ》にかかる和泉橋《いずみ》を渡った。良範の屋敷は神田佐久間町《さくま》にあった。

良範の屋敷について、新吾は門に入る。すると、庭木戸から下男が出て来た。何度か顔を合わせたことがある初老の男だ。

「いらっしゃいまし。どうぞ、こちらから」

下男は裏口にほうに向かった。新吾を待っていたようだ。古くからいる下男で、良範が信頼を寄せている男のようだ。

下男に導かれて庭木戸を抜け、新吾は庭に面した座敷までやって来た。障子が開け放たれた部屋には誰もいなかった。

「どうぞ、お上がりになってお待ちください」

下男は去って行った。

素朴な佇まいの庭から涼しい風が入り込んでくる。一度、ここで良範と妻女、そしてお園の三人と会ったことがある。

良範がやって来た。長身で少し猫背ぎみに体をかがめている。丸い顔に丸い目。以前は、にこやかな表情には自信と余裕が見られたが、今はどことなく寂しそうだ。

「ご無沙汰しております。その節は……」

新吾はあとの言葉を濁した。どういう言い方をしても、良範に対する非難、あるいは皮肉になってしまいそうだった。

「いや」

良範も苦しげな表情で、あいまいに頷く。

良範はお園が他の男の子を身籠もっていることを知って、あわてて新吾との縁組を進めた。それで生まれた子は新吾の子として押し通そうとしたのだ。

「漠泉どのの娘との縁組が決まったそうだの」

良範が口を開いた。

「はい。お園さんも嫁がれたそうで」

「うむ」

良範は複雑な表情をしてから、

「順庵どのから聞いたのだが、そなたは富と栄達に対する考え方を変えたそうだな」

と、切り出した。

「いいえ。貧しいひとを診るにはやはり元手がないと出来ないと気づいただけです。幻宗先生の施療院が金をとらずに患者を診ることが出来るのも元手があるからです。元手がない私には貧富に拘わらず金をとらないというやり方は出来ません。最善の治療をするための元手を得なければならず、そのために富と栄達を……」

「わかった」

夢中で喋る新吾を、良範は手を上げて制した。

「わしはそなたを婿にし、吉野家を継がせ、ゆくゆくは奥医師にまで上らせたかった」

「……」

「いや、そのようなこと、いくら言っても詮《せん》なきこと」

良範は目を伏せた。

「お心配り、痛み入ります」

「じつは、きょう来てもらったのはそなたに聞いてもらいたい話があるからだ」

「話ですか」

「うむ。幕府の医家になるには医者としての腕を認めてもらうことが重要だ。だが、なかなか町医者では目に留まるものではない。ましてや、蘭方医ではなおさらだ」

幕府の奥医師はすべて漢方医によって占められている。

「じつは、ある大名家が藩医を探しているそうだ」

「大名家？」

「わしにも誰かふさわしい医家はいないかと話がきた。そこで、そなたを推挙したいと思ってな。藩医になれば、幕府の医家への道も拓《ひら》けよう」

思いがけない話だ。

「最初は外科医として藩に出入りをするようになるが、いずれ本道にも目をつけてもらえるようになろう。どうだ？」

良範は迫るようにきく。

「突然のお話で正直戸惑っております。確かに、藩医となれば、この上ない名誉であり、仰るように幕府の医家への道も拓けるかもしれません。ですが、私にはまだ力不足であり、藩医をこなせるか自信はありませぬ」

まだまだ幻宗のところで覚えなければならないことがたくさんある。

「藩医といっても、ずっと縛られることはない。幻宗どののところに通うことは十分に出来る」

「……」

「しかし、私がなることで、その藩にゆかりの医家が藩医になれないことがあれば

「その心配はない」

良範は口をはさむ。

「その藩は有能であれば引き立てるそうだ」

「ちなみに、どこの藩でございましょうか」

「いや、名前は明かさぬようにということだ」

「……」

「じつを言うと、ただ、西国の大名というだけで、わしも知らぬのだ。そなたに断わられたら、藩の体面が保てぬからだろう」

良範は言い訳のように言う。

「すると、仲立ちするお方がいるというわけですか」

「そうだ。わしは、そなたの心の内を確かめてもらいたいと頼まれているのだ」

「お待ちください。先程は、良範さまが推挙してくださるというお話でしたが……」

「うむ。じつは頼まれたのだ」

「頼まれた？」

「そなたを藩医として推挙したいというのはその者だ。いろいろな大名屋敷に出入りをしている小間物屋だ」

「小間物屋ですか。名前は？」

「喜太郎《きたろう》と言っていた」

「喜太郎ですか」

新吾は首をひねった。

「心当たりはありませんが、どうして喜太郎さんは私の名を知っていたのでしょうか」

「往診の姿を見かけたことがあると言っていた」

「それだけのことで？」

「そなたのことを調べたのだろう。長崎遊学のことや幻宗どのの施療院で働いていることを知って、ますます関心を持ったようだ。まあ、推挙したそなたが藩医になれば、喜太郎もそこそこの金がもらえるようだ」

「そうですか」

なんとなく腑に落ちない。

「どうだ？　受けてみるか」

確かに藩医になれば、富裕な町人も順庵の医院にもっとやってくるようになるに違いない。今は順庵のところは患者は多くはない。患者が増えれば、実入りもよくなり、貧しいひとたちを安い薬礼で治療してやれるかもしれない。

「喜太郎に会ってみるか」

「まだ、お話をお受けすることは出来ないと思いますが、喜太郎さんにお会いしてみたいと思います」

新吾は喜太郎から事情を聞きたいと思った。

「では、そなたのところに会いに行かせよう。話を聞いて、自分に益になると思ったら引き受けたらどうだ？　名を売る好機ぞ」

「はい」

新吾は応じた。

「そなたの橋渡しをするしか出来ないのが口惜《くや》しい。そなたが婿になってくれていたらと今でも思う」

良範は自嘲ぎみに言う。

「お園さんはお元気でいらっしゃいますか」

「うむ。元気そうだ。男の子をたくさん産んでもらい、ひとりを吉野家に養子にもらう。そう言ってあるが、まあはかない望みだ」

「いえ、望みは叶います。きっと、いい跡取りが誕生いたします」

「そうよな。望みだけは捨てずにいよう」

良範は笑って、

「きょうはよく来てくれた。さっそく喜太郎に話しておく」

と、新吾に顔を向けた。

「はい。私こそ良範さまとお話し出来て、うれしゅうございました」

新吾は挨拶をして腰を上げた。

「新吾」

良範は呼び止めた。

「はい」

「幻宗どのは……」

良範は言いかけて、はっとしたように言葉を止めた。

「良範さま、なんでしょうか」

「いや。いい」

良範は首を横に振った。

気になったが、

「では、失礼いたします」

と、新吾は改めて立ち上がった。

玄関に向かう間も、良範が幻宗のことで何か言いかけたことが気になった。それ以上、質問を続けなかったのはたいしたことではないからか、それとも口にすることがためらわれたのか。


神田佐久間町から御徒町《おかち》にある実家の組屋敷に向かった。

総門を入って三間（約五・四メートル）幅の通りの両脇に御徒衆の家が並んでいる。

新吾は真ん中辺りにある家の門を入った。

約二百坪ほどの敷地に、三十坪ほどの母屋が建っている。石畳を踏み、玄関に向かう。相変わらず、きれいに手が行き届いている。

新吾の実家である田川家の家督は長兄の源吾《げんご》が継いでおり、次兄の錦吾《きんご》は他の直参に養子に行った。

長兄の姿はなく、屋敷には父と母がいた。父はすでに役を退いており、長兄の源吾が家督を継いでいる。

「夜分にすみません」

夜の訪問を詫びてから、

「父上、母上。ご無沙汰しております」

と、新吾は改めて挨拶をした。

去年、三月に長崎遊学を終えて帰ってきたとき、挨拶に来て以来だ。今年の正月も顔を出せず仕舞いだった。

「新吾。久し振りだのう」

父がうれしそうに言う。来年は五十歳になる父は鬢《びん》に白いものがまた増えたようだ。

「父上も母上もお顔の色がよさそうで」

新吾は安心して言う。

「うむ。上々だ」

一度、体調を崩したときに病気を理由に現役を退いたが、病気はすぐに回復した。

御抱席《おかかえせき》の父は隠居が許されなかったので、病気をいいきっかけにした。

父は草花の栽培を内職にしており、そのことに専心する目的もあったが、早く兄を一人前にしたかったようだ。

「新吾もお元気そうで」

母が目を細める。

「はい。じつは、嫁をとることになりました」

「うむ。聞いておる」

父が口許を綻ばせた。

「えっ、お耳にお入りでしたか」

「上島漠泉どのが挨拶に来られた」

「漠泉さまが？」

「経緯をお話しになり、新吾のやさしさに心を打たれたと仰っていた」

「いえ、私のほうこそお世話になったのです」

新吾は漠泉と香保への思いを語った。

「ともかくよい縁組だ」

「ありがとうございます」

「源吾も喜んでいた」

「兄上は宿直でございますか」

「いや。上役のところだ」

「義姉上もごいっしょに？」

「そうだ」

父は微かに表情を曇らせた。

「父上、何か」

「うむ。源吾が上役から、そなたのことをきかれたと言っていたな」

「上役？」

「うむ。御徒組頭どのだ」

御徒衆は二十組に分かれていて、それぞれの組に組頭がふたりいる。兄源吾が属している組の組頭は当然、配下の者の家庭の事情を知っているだろうが、新吾のことで何を今さらきいてきたのか。

「私のことをなんでしょうか」

「幻宗どのの施療院にいるのかときいてきたそうだ」

「幻宗先生のことを知っているのですね」

「そうだな。詳しいことは源吾にきいてみるのだ」

「わかりました。そうそう父上。ちょっとお伺いしたいことがございます」

新吾は父に顔を向けた。

「なんだ？」

「札差の『井筒屋』さんの内儀さんのことで」

「『井筒屋』の内儀？」

父は不思議そうな顔をした。

「お会いしたことはございますか」

「何度かある。あの内儀がどうかしたのか」

「いえ、あの内儀さんがどうのこうのというわけではないのですが、ちょっと話をお聞きしたいことがありまして。父上がお会いしたことがあるなら、私が行っても会っていただけるかもしれないと思ったのです」

「何をききたいのだ？」

父は関心を示した。

「たいしたことではありません。あの内儀さんはどのようなお方なのでしょうか」

新吾は答えをはぐらかした。

「どのようなお方とは？」

父は怪訝そうな顔をした。

「ずいぶんお美しいお方と聞いています。井筒屋さんとは仲むつまじいのでしょうか」

当たり障りのないことをきく。

「そうであろう。亭主よりは遣《や》り手かもしれぬ。新吾。いったい、何があるのだ？」

「いえ。なんでもありません。それでは、私はこれで」

新吾は強引に話を切り上げた。

「まだ、いいではありませんか」

母が引き止めた。

「きょうは遅いですし、改めて、兄上もいらっしゃるときに香保を連れて参ります」

「そうか」

父は寂しそうな表情をしたが、

「順庵どのによろしくな」

と、微笑んで言った。

「新吾。ちょっとお待ち」

母は立ち上がった。

すぐ風呂敷に包んだものを持ってきた。

「これ、庭の菜園で採れた胡瓜《きゆうり》と茄子《なす》です。持って行きなさい」

「すみません。遠慮なく」

新吾は風呂敷包みを受け取った。

実家をあとにし、新吾は御徒町から和泉橋までやって来た。まだ、月は上らず、辺りは暗い。

父との話の中で気になることがあった。組頭が兄に、幻宗どのの施療院にいるのかと新吾のことをきいたというのだ。

なぜ、そのようなことをきいたのか。新吾のことを知りたかったのか、それとも幻宗のことが問題だったのか。

和泉橋を渡ると、向かいから職人体の男がってやって来た。千鳥足で、だいぶ酔っているようだ。端唄《はうた》を口ずさんでいた。

橋の真ん中で、新吾は立ち止まった。どこぞから射るような視線を感じたのだ。振り返り、すれ違った職人体の男を見る。

男はよろけながら佐久間町のほうに歩いて行った。男からの視線ではなかった。辺りを見回したが、人通りはすっかり絶えていて、視線の主は見当たらない。

そのとき、水音がした。

視線は川からだとわかった。ちょうど船が和泉橋をくぐって行った。新吾は欄干《らんかん》に寄った。

やがて、船が橋の下から現われた。

大川のほうに向かう船から武士がこっちを見ていた。闇の中で、顔ははっきり見えない。だが、待田文太郎のような気がした。

船は見る見る間に遠ざかって行く。武士の横に中間ふうの男がいた。八助かもしれないと思った。村沢肥後守の上屋敷は小川《おがわ》町だ。

文太郎は船で上屋敷と下屋敷を行き来しているのかもしれない。船を追いかけたかったが、船はだいぶ離れていた。

第三章　怪我人の正体

一

翌朝、新吾は朝早く家を出て幻宗の施療院に行く前に肥後守の下屋敷に寄った。

門番に、文太郎に会いたいと申し入れた。

「何度言ったらわかるのだ。上屋敷だ。会いたければ、上屋敷に行け」

門番が突き放すように言う。

「いえ、昨夜遅く舟でこちらにいらしたはずです」

「……」

「医者として大事な用があるのです。呼んでください」

新吾は迫る。

「医者?」

「そうです。ひとの生死がかかっています」

門番は迷っていたが、

「待っていろ」

と乱暴に言い、奥に向かった。

しばらくして、待田文太郎が潜り戸を出てきた。

「性懲《しょうこ》りなく、またやって来たのか。しつこいぞ」

「先日の怪我人のことです」

「そのような者はいないと言ったはずだ」

文太郎は即座に言う。

新吾は文太郎の言葉を聞き流し、

「幻宗先生が予後を気にしておられました。もし、化膿などしたら命取りになるかもしれません。処方を教えるので施療院まで来てもらいたいそうです」

「そのような怪我人がいないのだから、聞いても仕方ない」

答えまで、僅《わず》かな間があった。その間、文太郎の脳裏を何かが掠めたのではないか。

「待田さま。我らは怪我人がどこのどなたか知りたいとは思いません。ただ、手当てをした怪我人が無事に回復することを望んでいるだけです。怪我人が取り返しのつかないことにならないためにも、幻宗先生の言葉を怪我人を診ている医者に伝えてください」

「……」

「あのお方の怪我はかなり深かったのに、その夜のうちにどこぞに移してしまった。縫い合わせた傷に影響がなかったか、あった場合、ちゃんと手当てが出来たかどうか、そのことが心配なんです」

「うむ」

「それから、中間の八助さんを呼んでいただけませんか」

「なぜだ?」

「徳造という男が殺されました。その日、八助さんと会っているのを見ていたひとがいるんです」

「八助はここにいない」

「ゆうべ、舟でごいっしょだったのではありませんか」

「途中で下りた」

「下りた? あんな時間にどこに行ったのですか」

「急に奉公をやめたいと言ってきた。引き止めたが、本人の気持ちは固く、きのうでやめた。だから、きのうは築地《つきじ》の知り合いのところに泊めてもらい、きょう朝早く西に向かって旅立ったはずだ」

「逃がしたのですか」

新吾は憤然とした。

「逃がす？」

文太郎は冷笑を浮かべ、

「逃がす必要などどこにもない」

逃がすどころではない。文太郎は八助の口を封じたのではないか。ゆうべ、あのあと、どこかで八助を斬り殺し、川に投げ込んだ……。

「八助さんは無事なのでしょうね」

「どういう意味だ？」

「物を言えない状態になっているのではないかと」

もしそうなら八助の死体が浮かび上がるまで数日かかるかもしれない。それまで何も出来ない。

「口封じをしたとでも思っているのか。呆れたものだ」

文太郎は声を出して笑った。
「徳造さんが八助さんに何を問い質そうとしていたのか、私なりに想像していること
があります」
「勝手な想像が得意のようだな」
「あの日、六月十七日の夜、徳造さんは酒に酔って川沿いで寝込んでしまったような
のです。そのとき、このお屋敷から出てきた何かを見たのです。怪我を負ったお方を
別の場所に連れ出すのを見たのではないでしょうか」
「くだらぬ想像だ」
文太郎は蔑《さげす》むような冷やかな目で、
「仮にそうだとしても、八助が徳造を殺す理由としては弱いな。そんなことで、ひと
を殺したりするとは思えぬ。百歩譲って、八助が徳造を殺したとしても、ふたりだけ
の問題であろう。徳造は偶然会ったら金を貸してくれとせがまれただけだそうだ」
「もっと他に何かあるのかもしれません」
新吾は迫った。
「はじめから疑ってかかっているな」
「怪我人の手当てをしたのに、怪我人はいなかったと言われたのですからね。何かあ

ると疑うのも当然ではありませんか」

「……」

「いずれにしろ怪我人の今の様子を知りたいのです。これはあくまでも医者としてです。予後の手当てを誤れば、取り返しのつかないことになってしまいます。待田さま」

新吾は真顔で、

「私たちは怪我人がどなたかなど関心はありません。ただ、傷が完治することを望んでいるだけです。また、あの傷を受けるに至った経緯も知りたいとは思いません。そのことをよく踏まえて、怪我人の今後をどうするかお考えください。失礼します」

新吾は文太郎に挨拶をして、その場を離れた。

幻宗の施療院に出ると、新吾は幻宗に文太郎とのやりとりを話した。

「待田どのの様子から、やはり怪我人のことが気がかりのように見受けられました」

「そうか。やはり、傷口の手当てがうまく出来ていないのかもしれぬな」

幻宗は顔をしかめ、

「連絡をくれればいいのだが」

と、祈るように言った。

「もうひとつ、お話をしてよろしいでしょうか」

まだ治療をはじめるまで暇があったので、新吾は切り出した。

「うむ」

「じつは吉野良範さまからいただいたお話なのですが、いろいろな大名屋敷に出入りをしている小間物屋で喜太郎というお方が、ある大名家に藩医として私を推挙したいと言ってきたらしいのです」

「推挙とな」

「はい。喜太郎さんは私の往診の姿を見かけたことがあるそうで、長崎遊学のことや幻宗先生の施療院で働いていることを知って、ますます関心を持ったということだそうです」

「……」

「先生、この話、いかがと思われますか」

「いかがとは？」

「ある大名家に藩医として私を推挙したいと言いながら、その大名家の名を良範さまにも告げていないのです。往診の姿を見かけただけで、私に関心を持ったということも腑に落ちません」

「何か裏があると思うのか」

「はい」

新吾は頷き、

「じつは、先日、私は誘き出されて浪人に襲われました。徳造さんのことを調べているることが理由ではないかと思うのです。そういうときに、このお話ですので」

「大名家とは村沢肥後守さまだと？」

「はい。敵はあまりにも詳しく私のことを調べているようなんです。良範さまとの関わりまで知っています」

「……」

幻宗は腕組みをして目を閉じた。

新吾は口を出さず、幻宗の考えがまとまるのを待った。藩医の話はやはり新吾を誘き出し、亡き者にしようという企みなのだろうか。

気がつくと、幻宗の顔つきがかなり厳しくなっていた。

ふと、幻宗が目を開け、腕組みを解いた。

「おそらく、怪我をした武士の容体が思わしくないのではないか。新吾に、診させようとしているのかもしれない」

「でも、私には荷が勝ち過ぎます。あっ」

新吾は、良範が幻宗のことを口にしかけたことを思いだした。なぜ、良範は幻宗の名を口にしたのだろうか。

「先生、ほんとうの狙いは先生ではありませんか。私を介して先生を担ぎだしたいのではありませんか」

それほど、容体はよくないのかもしれない。

「ならば、そのような面倒をかけずとも、わしのところに直《じか》に来よう」

「そうですね」

「だが、藩医の話は疑わしい。そなたを誘き出さねばならぬわけがあるのかもしれぬ。しかし、なぜそなたが目障りなのか」

「徳造のことでしょうか」

「しかし、徳造のことだとしても、何も摑んでいないではないか」

「ええ」

「そなたを始末せねばならぬ理由はない」

確かに、そうだ。では、浜町堀での襲撃は誰が何のために……。順庵は、おせいと正吉の件に絡めていたが、その件とて新吾は敵の脅威になるような手掛かりを摑んでいない。それより、何もわかっていないと言ったほうが当たっている。

「こうなったら、小間物屋の喜太郎に話を聞くしかありません」

「しかし、不用意に相手の話に乗らぬほうがよい」

「はい」

「そろそろ、はじめよう」

幻宗は療治部屋に向かった。

新吾は患者を迎え、治療に当たった。そして昼過ぎに、ひと月ほど前から寝たきりなった吾一のところに行った。

北森下町の長屋に入り、吾一の家に入る。

吾一はふとんの上に体を起こしていた。

「起きていてだいじょうぶですか」

新吾は枕元に行って声をかけた。

「この前いただいた薬が効いたのか、痛みがだいぶ和らいだんです。腹のしこりはかわりありませんが、少し元気が出ました」

「それはよかった」

やはり、痛みが吾一を気弱にしていたようだ。

ただ、病気の根本の治療が行えたわけではない。痛みを和らげただけだ。だが、気力が充実すれば、病気に打ち克ち、進行を抑えることが出来る。そこに期待をした。

「先生」

吾一が身を乗り出し、

「この間、麻酔剤を使って腹を裂いてくれと言いましたね。あっしの体を解剖の材料にしてくれと」

「ええ。幻宗先生にもその話をしました」

「じつはあれは徳造さんから言われていたことなんです」

「徳造さん？」

「ええ。最後にひとさまの役にたつことをして死んでいきたかった、それが出来ないのが残念だと言ったら、まだ出来ることがあると言って、口にしたのがこの前の話でさ」

「あなたは徳造さんと親しかったのですか」

新吾は意外そうにきいた。

「幻宗先生の施療院でいつもいっしょでしたからね。あっしが寝込んだあとも、ここにいつもやって来てくれました」

「知りませんでした」

「徳造さんもあっしもろくでもねえ生き方しかしてこなかった。そんなところで、気が合ったんですかねえ。それにしてもわからないものですね。あっしのほうが先に逝くと思っていたのに、あんなに元気だった徳造さんが先に死んじまうんですから」

狷介な徳造も、吾一には心を許していたと思える。そう思ったとき、新吾は徳造が吾一に何かを話していたかもしれないと思った。

「最後に徳造さんが来たのはいつごろですか」

「殺される前の日だったと思いますぜ」

「前の日？」

その日の昼間、徳造は施療院にやって来たのだ。そのとき、下屋敷の怪我人が翌日訪れたらいなくなっていたという話をしたのだ。

「徳造さんを殺した下手人はまだ見つかっていないんですかえ」

吾一はきいた。

「まだ、わからないようです。最後にやって来たとき、徳造さんは肥後守さまの下屋敷のことで何か言ってませんでしたか」

「何か言ってましたぜ。酔っぱらって川辺で寝ていて、人声で目を覚ましたら、男がふたり、長持を担いで舟に乗せていたそうです」

「長持？」

「そうです。ずいぶん、重そうだったと言ってました」

「重そう……」

夜中に長屋に帰った徳造は、重そうだとぶつぶつ言っていたと、大家が話していた。長持のことだったようだ。

「なぜ、徳造さんはあなたにそんな話をしたのでしょうか」

「さあ」

「その他に何か言ってましたか」

「いえ。ただ、何か食いたいものはあるかってきかれました。あっしが冗談で、うめえ鰻《うなぎ》が食いてえと言ったら、金が手に入ったら買って来てやるぜって」

「そんなことを言っていたんですか」

やはり、八助を強請ったのだ。長持の中は重そうだったという。その中に怪我した武士を隠して別の場所に運んだのか。

それにしても、なぜ怪我人を運ばなくてはならなかったのか。仮に、怪我をしたのが客人だったとしても、下屋敷でなぜ養生させてやらなかったのか。

その日のうちに移動させるという無茶をなぜしたのか。そうせざるを得なかったとしたら……。

あの怪我人は旗本か。

直参は外泊禁止だ。だから、強引に屋敷に連れ帰ったのか。本人が屋敷に帰ると言ったのかもしれない。

口論の末かどうかわからないが、誰かに脇差で刺されたのだ。そのことを大っぴらに出来ない。下屋敷には箝口令《かんこうれい》がしかれた。

そこに徳造がどう絡むのか。徳造が見たのは重そうな長持だけだ。中にいる人間が誰かわかったわけではない。

長持の中の人物の顔が見えたとしても、徳造に旗本の顔がわかるはずはない。仮に、わかったとしても、それが強請に結びつくとは思えない。

結びつくのは……。やはり、脇差で刺したほうだ。刺したのは肥後守だろうか。しかし、刺したのが肥後守だと徳造にわかるはずない。それでは強請にならない。

やはり、刺した人間はその場にいた供の者に斬られたであろう。だとしたら、長持の中は刺した人間の亡骸とも考えられる。

そうだとしても、長持の中が重たそうだっただけで亡骸だとわかるだろうか。いったい、徳造は長持を見て何を感じ取ったのか。

「徳造さんは、あなたに少しでも長生きしてもらいたかったんでしょうね。その思いにぜひ応えてください」

「へい、ありがとうございます。痛みがあると、それから逃れたくて自棄《やけ》っぱちになりますが、今はなんとか頑張れそうです」

吾一は力強く答えた。


その夜、小舟町の家に帰りつくと、順庵が飛び出してきた。

「小間物屋の喜太郎というひとが新吾を訪ねてきた」

順庵は弾んだ声で続けた。

「そなたを藩医として推挙したいと話していた」

「お帰りになったのですか」

「また、明日の夕方に来るそうだ」

順庵は相好を崩しながら、

「どこの藩だろうな。良範どのに新吾のことをきいたそうではないか」

「義父上」

舞いあがっている順庵を落胆させることになるかもしれないので、新吾はあえて口にした。

「確かに良範さまからお伺いしましたが、どうも、話がおかしいのです」

「おかしいとは？」

順庵の顔色が変わった。

「まだ、はっきりしたことはわかりませんが、藩の名前を言わないのが腑に落ちないのです」

「確かに、きいても答えなかったな。しかし、新吾に会って言うつもりだったのではないか」

「なぜ、私に目をつけたのか、何か話していましたか」

「いや、何も」

「ともかく、義父上。早くから喜ばぬほうがよろしいかと思います」

「……」

順庵は不安そうな顔になって、

「そう言われれば、お屋敷に出入りをしている小間物屋がそんな話を持ってくるのもおかしいな」

と、首を傾げた。

「ともかく明日、喜太郎というひとの話を聞いてみます」

「もしや、おせいどのの件と関わりがあるのではないか。この前の呼び出しのこともあるしな」

順庵はそのことにまだこだわっている。

「義父上、そのこととは別の……」

肥後守の下屋敷の件と徳造殺しに絡んで狙われたのだと言おうとして、新吾は思いとどまった。その件とて、新吾は何も摑んでいない。敵からしたら、まだそれほど脅威にはなっていないはずだ。早いうちに危険の芽を摘んでおこうということだとしても、早過ぎる。

「そなたは関わりないというが、そなたは自分で気づかないだけで、おせいどのの失踪の手掛かりに一歩近付いているのだ」

自分を狙っている連中がいるのは間違いない。順庵が言うように、新吾は自分では気づかない何かを摑んでいるのだろうか。

頭の中でなにかもやもやしたものがあった。だが、なかなか形にならない。何か見落としていることがあるのではないか。新吾は手が届きそうで届かないようなもどかしさを感じていた。

二

翌日、新吾は大伝馬町の『栃木屋』の並びにある足袋問屋『三ツ木屋』に行った。

屋根の上に、足の形をした看板がある。『三ツ木屋』の主人は豊右衛門という男で、房太郎とは子どもの頃の遊び仲間だったという。

『三ツ木屋』の店先にいた番頭らしい風格の男に、新吾は声をかけ、豊右衛門への面会を申し入れた。

「『栃木屋』さんの内儀さんの件だとお伝えください」

「少々お待ちを」

番頭は奥に向かった。客はかなり入っていた。座敷で、奉公人たちが客の相手をしている。

武士の妻女らしい客もいた。

細身の四十絡みの男が番頭の後ろからやって来た。

「三ツ木屋ですが」

豊右衛門は名乗った。

「私は医者の宇津木順庵の倅の新吾と申します」

「順庵先生にはお世話になっております」

「『栃木屋』さんの内儀さんの件でお話をお伺いしたくて参りました」

「そうですか。どうぞ、こちらへ」

店の隅に連れて行き、豊右衛門は立ったまま、

「で、何を?」

と、きいた。

「義父、順庵から聞いたのですが、『栃木屋』さんが内儀さんと手代の正吉を許さないと言っていたということですが?」

「ええ。だからといって、今回の件は房太郎さんの仕業だと言っているわけではありません。ただ、房太郎さんがそう言っていたことがあると、順庵先生にお話をしただけのことです」

「房太郎さんからそのことを聞いたのはひと月前だそうですね」

「そうです。偶然、町で会ったんですよ。内儀さんは元気かときいたら、許せないと

言ったんです」

豊右衛門は薄ら笑いを浮かべて言う。

「今回の内儀さんと正吉さんの出奔を聞いて、どう思いましたか」

新吾は豊右衛門の腹の内を探ろうとしてきく。

「ふたりは、やはり出来ていたのかと思いました」

「正吉さんが殺されたのはなぜだと？」

そうきいたとき、豊右衛門が戸口のほうを見て、あっと呟《つぶや》いた。

振り返ると、同心の津久井半兵衛が岡っ引きといっしょに土間に入って来た。

半兵衛は新吾に気づき、

「宇津木先生じゃありませんか」

と、声をかけた。

「津久井さまも、ひょっとして『栃木屋』の内儀さんのことで？」

新吾は目張《めば》ってきいた。やはり、津久井半兵衛の耳にも入っていたのだ。

「宇津木先生もそのことで？」

「はい」

「そうですか」

半兵衛は豊右衛門に顔を向け、

「栃木屋がおせいと正吉を許さないと言っていたのを聞いたそうだが、間違いないのか」

と、きいた。

「はい。そう仰ってました」

豊右衛門は堂々と答える。

「何を許さないと言っているのだと思った？」

半兵衛はきく。

「ふたりが房太郎さんを裏切ったのだろうと」

「裏切るとは不義を働いているということか」

半兵衛が確かめる。

「そうです」

「今回の出奔について、そなたはどう思っているんだ？」

「最初、聞いたときはふたりして遠くに逃げたのだと思いました」

「しかし、ふたりはどこに逃げるつもりだったのだ？」

「わかりません。でも、おせいさんに力を貸す者はいくらでもいたと思います」

「いくらでも？」

「ええ。おせいさんは香道をやられております。家元のところで他の門人と親しくなっていたはずです」

「香道か」

香木を炊いて香りを楽しみ、またその香りを当てることなどをする。最近、香道が盛んで、特に女に門人が増えていると聞いている。

「しかし、香道の門弟で、そこまでする人間がいようか」

半兵衛が疑問を口にする。

「ただ、手代が殺されたことで、私は違う考えをするようになりました」

豊右衛門は顔をしかめた。

「どういう考えだ？」

半兵衛の目が鈍く光った。

「ふたりは出奔したのではなく、何者かに連れ去られたのではないかと思うようになりました」

豊右衛門があまりにもよどみなく答えることに、新吾は違和を覚えた。

「誰か想像はついているのか」

「想像だけですから」

豊右衛門はためらう様子を見せた。

「想像でもいい。話してもらいたい」

半兵衛は食い下がる。

「間違っていたら、困りますから」

「そなたから聞いたとは言わない」

「ここだけの話ということで」

豊右衛門はもったいぶって、

「『栃木屋』の房太郎さんですよ」

と、口にした。

「なにしろ、房太郎さんはおせいさんと正吉が自分を裏切っていることを知っていたようですから」

「待ってください。ふたりが房太郎さんを裏切っていたのはほんとうなんですか」

新吾はきいた。

「房太郎がそう言ってましたからね」

豊右衛門は平然と言う。

「房太郎がならず者や浪人を雇って連れ去ったと見ているのだな」

「はい」

「では、おせいもどこかで殺されていると見ているのか」

「さあ、そこまでは……」

　豊右衛門は首を横に振った。

「わかった。また、何かあったらききに来る」

　半兵衛はいい、戸口に向かった。

「失礼しました」

　新吾も豊右衛門に挨拶をし、半兵衛のあとを追った。

「津久井さま」

　外に出てから、新吾は声をかけた。

「津久井さまはどうして『三ツ木屋』さんに？」

「栃木屋がおせいと正吉を許さないと言っていたと、豊右衛門が話していたと聞いてな」

「まさか、義父からですか」

「いや。自身番《じしんばん》でだ」

「自身番？　三ツ木屋さんが自身番で話したというわけですか」

「そうだろう」

「房太郎さんから話を聞くのですか」

「今聞いてもとぼけられるだけだろう。もう少し、証を集めてからだ」

「正吉を殺した下手人の手掛かりはいかがでしょうか」

「だめだ」

半兵衛は唇を嚙んだ。

「橋場、今戸《いまど》周辺で正吉を見かけた人間は見つかっていない。やはり、舟でどこぞから運ばれてきたのかもしれぬ」

「舟で……」

確かに、真崎稲荷の裏は大川だ。

「ともかく、房太郎がならず者を雇ったとしたら、どこかで会っているはずだ。まず、ならず者をしらみ潰しにしてみる」

そう言い、半兵衛は離れて行った。

ひとりになって、新吾は『栃木屋』に行ってみようかと思った。半兵衛はあのように言ったが、房太郎がまったく無関係なら、今後も証は集まらないのだ。

新吾は『栃木屋』に足を向けた。駕籠が店先に止まった。

『栃木屋』にやって来たとき、駕籠が店先に止まった。店から、房太郎が出てきて、駕籠に乗り込んだ。

駕籠が出発して、新吾は諦めて引き上げようとしたが、房太郎がどこに行くのか気になった。

というのも、奉公人の供をつけず、ひとりで出かけたことから商売での外出ではないと考えられるからだ。

新吾は駕籠のあとを歩きだした。

駕籠は通旅籠町《とおりはたご》、通油町《とおりあぶら》を過ぎ、横山町《よこやま》を抜けると、浅草御門のほうに向かった。

新吾は房太郎が妾のところに行くのではないかと考えた。もし、房太郎に妾がいたら、おせいの失踪について別の見方が出来るかもしれないのだ。

駕籠は浅草御門を抜けて、蔵前方面に向かった。今戸か橋場に向かうのかと思っていると、鳥越橋《とりごえ》を渡って、駕籠は札差の店の前に止まった。

新吾はあっと声を上げそうになった。『井筒屋』だ。

房太郎は駕籠を下り、『井筒屋』に入って行った。

新吾は鳥越橋の袂で、房太郎が引き上げてくるのを待った。人通りが多く、何度か場所を変えた。

四半刻足らずで、房太郎が『井筒屋』から出てきた。

待たせてあった駕籠で引き上げた。新吾は『井筒屋』に向かった。

土間に入り、番頭らしき男に声をかけた。

「私はこちらでお世話になっている田川源吾の弟の新吾と申します。ご主人にお会いしたいのですが」

「これは田川さまの……」

番頭は腰を低くし、

「申し訳ございません。主人はまだ戻っていないのですが」

「外出？　今、『栃木屋』の房太郎さんがいらっしゃってましたね」

「はい。栃木屋さんは内儀さんに会いにいらっしゃったのです」

「内儀さんに……。すみません。房太郎さんのことで、私も内儀さんにお訊ねしたいことがあるんです。内儀さんにお話を通していただけますか」

「そうですか。少々お待ちください」

番頭は奥に行きかけたが、長暖簾をかきわけて、美しい女が現われた。

「内儀さん。ちょうどよいところに」

番頭が言うと、内儀は微笑んで、

「聞こえていました」

と、新吾のほうに顔を向けた。

「申し訳ありません。田川源吾の弟の新吾と申しますが、いまは医家の宇津木家に入り、『栃木屋』さんのご隠居の往診をしております。そのことから、おせいさんの失踪に心を痛めております」

「ほんとうに、おせいさんはどうしたんでしょうね」

内儀は美しい眉を寄せ、

「どうぞ、こちらへ」

と、座敷に上がるように勧めた。

「失礼します」

新吾は客間に案内された。

「内儀さんはおせいさんをご存じなのですか」

儀と差し向かいになって、新吾は切り出した。

のところでいつもいっしょでした」

「ええ。香りを聞いていると穏やかな気持ちになります」

内儀もおせいと同じ流派で香道を楽しんでいたようだ。

「そうでしたか。それで、房太郎さんは内儀さんに会いに来たのですね。房太郎さんは内儀さんに何を？」

「門弟の中で、おせいさんに目をつけていた男がいなかったかどうかときかれました」

「どうだったのですか」

「それはきれいなひとでしたから男のひとにはちやほやされていました。でも、おせいさんをかどわかすひとなんていません」

「房太郎さんは、門弟の中におせいさんを連れ去った男がいたのではないかと思ったのでしょうか」

「そうらしいですね」

「内儀さんもかなりちやほやされたのではありませんか」

華やかな美人の内儀に、新吾はきいた。

「私には寄ってきません。気が強い女子は敬遠されるんでしょう。おせいさんは私と違っておとなしいので、言い寄りやすいのでしょう。でも、おせいさんは毅然としていましたよ」

「そうですか。手代の正吉さんに会ったことはありますか」

新吾はきいた。

「ええ、何度か。いつも供をしてきていましたから」

「おせいさんと正吉さんの間に強い結びつきがあったと思いますか」

「あの手代はおせいさんに憧れの気持ちを持っていたでしょうね。でも、おせいさんが年下の奉公人に惹かれるなんてありません」

内儀ははっきり言い、

「私も外出のときは手代をお供に連れて行くことはありますが、あくまでも手代は奉公人の分を弁《わきま》えていますよ」

内儀は言い切った。

「内儀さんは、今度の件をどう思われますか」

「わかりませんが、おせいさんと正吉さんがしめし合わせて出奔したというのは断じてありませんよ。手代が殺されたところをみれば、誰かがおせいさんを連れ去ったのではないかと思います。手代はそれを助けようとして斬られたのでしょう」

「誰がおせいさんを連れ去ったのか、わかりませんか」

「わかりません。でも、香道の門人ではありませんよ。そんな狼藉《ろうぜき》をする殿方はおりませぬ。商売上の知り合いじゃないかしら」

内儀は表情を曇らせ、

「いずれにしろ、おせいさんはもう生きていないと思うわ」

「どうして、そう思われるのですか」

「おせいさんは男に手込めにされそうになったら自ら命を絶つはずです。可哀そうだけど、もう生きていないわ」

「房太郎さんにも、そのように話したのですか」

「ええ。私は女だからわかりますが、操《みさお》を守るためにそうするはずだと言いました。覚悟を固めてもらっていたほうがいいですからね」

「なんと言ってましたか」

「何も。懸命に悲しみを堪えているようでした」

「そうですか。妙なことをお伺いしますが、房太郎さんが自分を裏切っていたおせいさんと正吉さんを、やくざ者を雇って始末したということは考えられますか」

「あり得ません。第一、おせいさんは裏切っていませんよ」

内儀は一蹴した。

「そうですか。わかりました」

新吾は長居を詫びて立ち上がった。

『井筒屋』を出て、帰途につきながら、『井筒屋』の内儀と『三ツ木屋』の豊右衛門の言い分がまったく違っていることが気になった。

どちらかが嘘をついているのだろうか。

新吾は浅草御門を抜けて、横山町から大伝馬町にやって来た。改めて、『栃木屋』に足を向けた。

『栃木屋』に近づいたとき、房太郎があわただしく店から飛び出してきて、再び、駕籠に乗り込んだ。手代が供について、駕籠は伊勢町堀のほうに曲がって行った。

「何かあったのですか」

新吾は見送っていた番頭に声をかけた。

「あっ、宇津木先生」

番頭が泣きそうな顔で、

「鉄砲洲《てっぽうず》稲荷《いなり》の裏手で、内儀さんらしい亡骸が見つかったという知らせが……」

新吾は唖然として聞いたが、気を取り直して、駕籠を追うように駆けだした。

三

京橋《きょうばし》川にかかる稲荷橋を渡り、新吾は鉄砲洲稲荷にやって来た。房太郎の駕籠は稲荷社を大きくまわり、裏手の鬱蒼《うっそう》とした木立の中に入って行った。

新吾もあとに続いた。川っぷちの生い茂る葦《あし》の中に、津久井半兵衛の姿があった。

駕籠から下りた房太郎を岡っ引きが半兵衛のところまで案内する。新吾も近付く。

半兵衛の足元に女の亡骸が横たわっていた。

房太郎が亡骸を見て、一瞬目を逸らした。それから、もう一度、目をやった。腐敗が進んで、無残な姿になっていたのだろう。

しばらくして、房太郎は足の力が抜けたようにしゃがみ込んだ。おせいと判別出来たのだろうか。

「津久井さま」

新吾は声をかけた。

「おせいさんなのですか」

「房太郎が確かめた。茣蓙《ござ》に巻かれてあった」

「そうですか。やはり、おせいさんは……」

死んでいたという言葉はやりきれなくて口に出せなかった。房太郎は少し離れたところに移動し、地べたに手をついて慟哭《どうこく》していた。

「ちょっと、見せていただいてよろしいですか」

「そうですな。死因を診てもらいましょう」

「わかりました」

半兵衛は新吾を亡骸の前に案内した。

亡骸は莫蓙の上に横たわっていた。

悪臭と、顔が溶けて崩れ白骨が覗いている無残な姿に、新吾もうっとなった。美しい女だった面影はどこにもなかった。

新吾は衣服を検めた。体のどこにも傷はなかった。最後に喉を見た。喉仏に傷が見つかった。

『井筒屋』の内儀の言葉が蘇った。

おせいさんは男に手込めにされそうになったら自ら命を絶つはずです……。

「何かわかりましたか」

半兵衛がきいた。

「腐乱していてわかりづらくなっていますが、喉を突いています」

「喉を？」

半兵衛は亡骸の喉に目を近づけた。

「なるほど」

「細い傷です。簪《かんざし》で突いたのだと思います」

「では、自分で？」

「そうだと思います。おそらく、誰かに手込めにされそうになって自害したのだと思います」

「おせいは何者かに連れ去られ……」

「はい。死んでから十日近く経っています。たぶん、正吉さんが殺されたのと同じ時分に死んだのだと思います」

「そうか。すでに死んでいたのか」

「はい。ただ、ここに捨ててあったとしたら、ずいぶん長い間、人目につかなかったのですね」

「じつはこれを見つけたのは釣り人なんだ。その者が言うには三日前はなかったそうだ」

「では、三日以内にここに遺棄されたというわけですね」

「そうだ。正吉とはわざと遠い場所に捨てたのだ」

半兵衛は怒りを吐き出すように言い、房太郎に目を向けた。半兵衛は房太郎を疑っているのだろうか。

房太郎が何者かを雇っておせいと正吉を殺させた。雇われた男は正吉を殺し、おせいを手込めにしようとした。だが、おせいは簪で自害をした……。

豊右衛門の考えに引きずられ、半兵衛はそう考えているのではないか。そんな半兵衛の目には、泣き崩れている房太郎の姿は芝居のように映っているのかもしれない。

小舟町の家に帰って、順庵におせいの亡骸が見つかったことを伝えた。

「義父上、だいじょうぶですか」

目が眩んだように、順庵の体が倒れそうになった。

どうにか踏ん張り、

「おせいさんに間違いないのか」

と、順庵はきいた。

「間違いないと思います」

「そうか。やっぱり、死んでいたのか」

順庵は涙ぐんで、

「生きていて欲しかった」

「はい。残念でなりません」

「房太郎か。房太郎の仕業か」

順庵は房太郎を呼び捨てにした。

「まだ、わかりません。『三ツ木屋』の豊右衛門さんの話だけで決めつけることは出来ません」

「だが、豊右衛門さんは房太郎の幼馴染みだ。房太郎のことをよく知っている人間だ」

「房太郎さんの言い分も聞かなければなりません。義父上、ふたりを殺した人間はひとりやふたりではありません。正吉を斬ったのは侍です。死体を運んだのは舟です。敵はかなり……」

新吾はまたも頭の中で何かが動いた。以前にも頭の中で何かが閃《ひらめ》きかけた。そのときははっきりしなかったものが、今はぼんやりとしているが姿を現わしてきた。

まさかという思いが強いが、いったんそう思い込むと、そのことから離れられなくなった。

「新吾、どうしたんだ、そんな怖い顔をして」

　順庵の声に我に返った。

「義父上の仰ったことは半分当たっていたかもしれません」

「なんのことだ？」

「私を誘き出して襲ってきた浪人の狙いです」

「半分とはどういうことだ？」

「おせいさんのことと同時にもうひとつのことがあったからです。このふたつを結びつけられるのを恐れたのかもしれません」

「もうひとつのこととは？」

「義父上、今度『三ツ木屋』に行くのはいつですか」

「明後日だ」

「そうですか。そのとき、豊右衛門さんに旗本の杉浦藤四郎さまをご存じか、きいていただけませんか」

「旗本の杉浦藤四郎？」

「そうです」

「新吾。そなた、何を考えているのだ」

そのとき、義母がやって来た。

「『栃木屋』さんからですよ。ご隠居が発作を起こしたそうです」

おせいの死を知らされたのだ。

「義父上、私が行って来ます」

新吾は順庵が何か言う前に立ち上がっていた。

『栃木屋』は予想していたより落ち着いていた。商売も、ふつうに続けている。

新吾は家人用の入口から入り、隠居の寝ている部屋に行った。

積み上げたふとんに寄り掛かって、隠居は激しく口を喘がせ、目を剝《む》いて苦しんでいた。少し強めの薬を呑ませる。幻宗が調合した薬だ。

女中が背中をさすって四半刻ほどして、徐々に隠居の激しかった息づかいが穏やかになってきた。

「先生。おせいが殺されていた……」

隠居が苦しそうに言う。発作の度合いから衝撃の大きさがわかる。

「おせいはなぜ……」

「ご隠居さん。とても痛ましいことですが、おせいさんは自害でした」

「自害？」

「はい。操を守るために、簪で喉を突いたのです」

「なんですと」

隠居はぜいぜい喉を鳴らしながら、

「房太郎を裏切っていたわけではないのか」

と、きく。

「体には危害を加えられた形跡はありませんでした。おそらく、手込めに遭う前に、自害をしたのです」

「そうか。おせいは操を守って死んだのか。誰がこんなひどいことを……」

隠居は泣き声になった。

房太郎が部屋に入ってきた。

「おとっつあん。だいじょうぶですか」

「うむ。もう、だいじょうぶだ」

隠居は言ったあとで、

「おせいは偉かった。さすが、わしが見込んだ嫁だった」

「おとっつあん」

房太郎は涙ぐんだ。

「おせいはどうした?」

「深川《ふかがわ》のお寺で明日茶毘《だび》に付します」

白骨化していて、ここに運び入れることは出来ないのだ。

「横に」

「はい」

女中が隠居を横に寝かせた。

「栃木屋さん。内儀さんのことで少しお話をしたいのですが」

新吾は切り出す。

「では、向こうで」

新吾は客間で房太郎と差し向かいになった。頬がこけて、だいぶ憔悴した様子だった。

「内儀さんのことは残念でなりません」

新吾は房太郎をいたわるように言う。

「覚悟していましたが、いざ亡骸を目にするとうろたえました」

房太郎は嗚咽を堪えた。

「このようなときに、お話をおききするのが心苦しいのですが」

「いえ。で、なんでしょうか」

「栃木屋さんのことで、妙な噂が流れているのをご存じでしょうか」

新吾は切り出した。

「私がならず者を雇っておせいと正吉を殺したという話ですね」

「お耳に入っておられましたか」

新吾はため息をついた。

「ええ。教えてくれる者がおりました。ためにする噂を流したのは『三ツ木屋』の豊右衛門さんでしょう」

房太郎は蔑むように言い、

「ひとをどこまで傷つけたら気がすむのか」

と、険しい顔をした。

「豊右衛門さんの前で、おせいと正吉を許せないと仰ったのですか」

新吾は確かめた。

「そんなことを言っているんですか」

「ええ。ひと月ほど前、そう言っていたと」

「ひと月前ですって」

房太郎は呆れ返ったように、

「私と豊右衛門さんはこの一年話もしていません」

「えっ、そうなんですか。なぜですか」

「……」

「幼馴染みだそうですね」

新吾は不思議そうにきく。

「ええ。向こうが四つ年上ですが、よく遊びました」

「何か、仲違《なかたが》いをするわけが？」

「豊右衛門さんの名誉のために黙っていようと思ったのですが」

そう前置きし、房太郎は続けた。

「以前から豊右衛門はおせいに言い寄っていたんです」

房太郎は豊右衛門を呼び捨てにした。

「一年前、豊右衛門はおせいを騙して料理屋に呼び出しました。正吉が不審を抱いてあとをつけて、手込めにしようとした豊右衛門を取り押さえたんです。私は豊右衛門に抗議をし、付き合いを断ったのです」

房太郎は怒りを抑えながら、

「だから、私が豊右衛門の前で、おせいと正吉を許せないなどと言うはずありません」

房太郎の言葉が真実かどうか。豊右衛門の反論を聞かなければならないところだが、房太郎が嘘をついているとは思えない。

「私がならず者を雇ったと言っているようですが、私にはそんな連中に手づるはありません。仮に、そんな人間を雇ったとしたら、かえってその者たちに弱みを握られたことになります。そんなことをしたら、『栃木屋』は終わりです」

「そうですね」

「それから、豊右衛門に危ない目に遭ったあと、おせいは私にこう言いました。私は操を守るために簪で喉を突いて死にますと」

「内儀さんは、そのようなことを？」

「はい。私のために操を守ってくれたのです」

「わかりました」

新吾は応じてから、

「今のお話を、同心の津久井半兵衛さまにお知らせして構いませんか。間違った噂がこれ以上、世間に広まらないように、津久井さまに手を打っていただきましょう」

「お願いします。おせいが死んで悲しみに沈んでいるところに、追い打ちをかけるような出鱈目《でたらめ》をまき散らされたらたまったものではありません」

房太郎は目を剝いて、悔しそうに言う。

「豊右衛門さんは逆恨みにしろ、一年前のことなのにどうして栃木屋さんを目の敵《かたき》にするのでしょうか」

新吾は疑問を口にした。

「常日頃から、私のことを面白く思っていなかったのが、たまたまおせいと正吉の件を知り、でっち上げてやろうという気持ちになったのではありませんか」

「そうですね」

相槌《あいづち》を打ったが、それだけではないような気がしてならず、新吾はいよいよ核心に迫った。

「旗本の杉浦藤四郎さまとは長いお付き合いでいらっしゃいますか」

「杉浦さま?」

房太郎は怪訝そうな顔をして、

「ええ、襖紙や障子紙など納めておりますが」

「杉浦さまのお役職はなんでしょうか」

「お役職ですか。確か、御徒頭だと聞いております」

「御徒頭ですか」

新吾は思わず声を上げた。

「何か」

「いえ」

御徒頭は兄源吾の御徒衆の長である。御徒衆は将軍御成りのときに警固の任に当たる。

「杉浦さまはお幾つなのでしょうか」

「三十半ばではないでしょうか」

「三十半ば……。お顔の特徴は？」

「鼻筋が通った優男ふうなお方です」

手当てをした武士に似ていた。

「杉浦さまが親しくなさっている大名家はございますか」

「杉浦さまの妹どのが、村沢肥後守さまの側室だと聞いたことがあります」

「そうですか」

新吾は逸《はや》る気持ちを抑えて、

「『三ツ木屋』さんは、杉浦さまとお付き合いはあるのでしょうか」

「ええ、杉浦さまのお屋敷に足袋を納めているはずです」

「そうですか」

つながったと思った。しかし、つながりがあるというだけで、事件に関わっているかどうかは別だ。

これから、ひとつずつ証を見つけていかなければならない。

「宇津木先生。杉浦さまが何か」

房太郎は不安そうな表情できいた。

「いえ、なんでもありません」

「まさか、杉浦さまが……。あの日、おせいと正吉は杉浦さまのお屋敷に伺ったのです。あの屋敷で何か」

房太郎の声が震えた。

「今は何の証もなく、想像でしかありません。いずれお話し出来ると思います。それまで、お待ちください」

「わかりました」

少し間を置いてから、房太郎は答えた。

「どうぞ、お力落しのないように」

新吾は慰める。

「ありがとうございます。やっとおせいが帰ってきてくれました。やっと寂しさから解放されます」

房太郎はまたも嗚咽をもらした。

この夫婦には子どもがいない。せめて子どもがいたならと、新吾は残念に思った。

家に帰ると、心配顔で待っていた順庵が、喜太郎が来ていると告げた。

四

客間に行くと、小肥りの男が待っていた。

「宇津木新吾です」

向かいに座って、新吾は挨拶をし、相手の男を探るように見た。三十前後で、鼻筋の通った目付きの鋭い男だ。単なる小間物屋ではないという印象だった。

「何度も押しかけて申し訳ありません。私は喜太郎という小間物を商っている男でございます」

喜太郎は名乗ってから、

「ぜひ、宇津木先生にお会いしたく、良範先生に仲立ちをお願いいたした次第でございます」

「良範さまからお伺いしましたが、藩医のお誘いとか」

新吾は用心深く口を開く。

「はい。さる大名家では蘭方医の藩医をお探しで、誰かふさわしい医者を見つけるように、かねてから頼まれておりました」

「どこの大名家でございますか」

「大名家の体面もございます。しばし、御容赦を」

なぜ隠すのか腑に落ちなかった。よほど、村沢家の名を出してみようかと思ったが、なんとか抑えた。

「では、なぜ、私を」

新吾は疑問を口にした。

「往診に向かう姿をお見かけして、失礼かと思いましたが、いろいろ調べさせていただきました。たまたま良範先生にお訊ねしたら、よくご存じだということで」

喜太郎はよどみなく答える。すでに用意していた台詞《せりふ》をそのまま語っているようにしか思えない。

「往診に向かう姿だけで医者の力量を推し量ることは難しいと思いますが？」

「醸《かも》しだす雰囲気でなんとなくわかります。それで、いろいろなお方にお伺いしましたから」

はじめから、新吾ありきで進めていることが明らかだ。罠《わな》かもしれないと思ったが、新吾は敵の懐に飛び込むように、

「わかりました。とても光栄に思います。ただ、私はまだ修業中の身。藩の重役どのが私ごときを藩医に選ぶとはとうてい信じられません。今ここで、喜太郎さんにお願いしますと返事をしても、藩のほうから断わられることがあっては、私が傷つきます」

「いえ、決してそのようなことはありません。私は小間物の行商をしていますが、一時は医者を目指したことがございます。でも、私は医者に向いていないことがわかり、諦めました。ですから、ある程度、医者の技量を見分ける目は持っていると思っています。そのことを、ご家老さまも承知なさっておいでです。ですから、私が推挙さえ

すれば、よほどのことがない限り、受け入れられるはずです」

「お返事をする前に、藩のどなたかとお会いすることは出来ませぬか。その際、藩のお名前を教えていただきたいと思います」

新吾は前向きな姿勢を見せて言う。

「わかりました。ご家老さまに話をし、ご返事を差し上げます」

新吾の答えに満足したのか、喜太郎は笑みを浮かべた。

「それでは、改めて参ります」

挨拶して喜太郎が立ち上がりかけたとき、

「あっ、ひとつお訊ねしてよろしいでしょうか」

と、新吾は声をかけた。

「はい」

喜太郎は座り直した。

「私を見かけたあと、まず最初にどなたに相談したのですか」

「良範先生です。良範先生に、宇津木新吾という方をご存じかときいたら、よく知っていると仰いました」

「良範先生とはどのようなご関係ですか」

「私の得意先の大店が良範先生の患家でした。では、失礼いたします」

これ以上の問いかけから逃れるように、喜太郎は立ち上がっていた。

喜太郎が引き上げたあと、新吾は改めて藩医の誘いの裏を考えた。まず、藩の名を言えないことが怪しい。

丸山藩村沢家が絡んでいるとしか思えない。幻宗の施療院にやって来た老武士から喜太郎は頼まれて動いているのではないか。

しかし、良範がそこにどう絡んでいるのか。先日、良範は帰りがけ、幻宗のことで何か言いかけた。何を言いたかったのか。

ともかく、喜太郎の返事を待つしかない。


翌日、新吾は幻宗の施療院で診療を行い、夕方早めに引き上げさせてもらい、御徒町にある実家まで兄に会いに行った。

怪我人は旗本の杉浦藤四郎かもしれないことは、まだ幻宗には話していない。確証がとれるまでは迂闊《うかつ》に話せないのだ。

実家の玄関に立ち、声をかけると、奥から長兄の源吾が飛び出してきた。細身で目鼻立ちが整っていて、次兄はがっしりした体格なので、新吾のほうがこの兄に似ていると言われる。

「新吾か。よう来た」

兄は満面に笑みを浮かべていた。

「兄上。ご無沙汰しています」

「さあ、上がれ」

「はい」

新吾は腰から刀を外して上がった。

はじめに父と母に挨拶をし、

「きょうは兄上にお話があって参りました」

次来るときは、香保を連れて来ると言いながらその約束を破ったので、まずそのことを謝った。

「わかった。だが、次は楽しみにしているぞ」

「はい。必ず」

父は静かに言った。

新吾は父と母に約束をしてから、兄の部屋に行った。

「新吾。嫁をもらうそうだな」

「はい」

「上島漠泉どのの娘は美しいという評判だそうだな」

「はい、私にはもったいないぐらいです」

「なんだ、のろけているのか」

兄は苦笑した。

「いえ、そういうわけでは……」

新吾はあわてて言う。

「よいよい」

兄は鷹揚に笑った。

「うちのひとは、新吾さんにずっと会いたがっていたんですよ」

兄嫁が口を挟んだ。

「長崎遊学から帰って二度しか会っていないからな」

兄は不満そうに言う。

「すみません」

「そなたが謝る必要はない。それだけ、医者として忙しい身ということだ。それは、喜ばしいことである」

兄は頷きながら言い、

「今は幻宗どののところに一日おきに行っているそうだな」

と、口にした。

「よく、ご存じで」

「そなたのことはなんでも知っている」

兄は笑みを引っ込めて、

「じつは、上役から教えられたのだ」

「そのことですが、なぜ組頭さまが私のことを？」

新吾は身を乗り出してきく。

「いや、話のついでに出たのだ。そなたに兄弟はいるのかという話から、新吾の話になった。いや……」

兄は首を傾げた。

「組頭さまから新吾の名が出たのだったか。そうだ、組頭は新吾のことを知っていたのかもしれない」

「なぜ、でしょうか」

「なぜであろうな」

兄も不思議そうな顔をした。

だが、新吾は待田文太郎だと思った。文太郎から問われ、兄が御徒衆だと話したことがある。

「兄上、御徒頭は杉浦藤四郎さまだそうですね」

「御徒頭？　そうだ。それが、どうした？」

「杉浦藤四郎さまはお元気ですか」

「なぜ、そのようなことをきく？」

兄はまた首を傾げた。

「ご病気という噂をお聞きしましたので」

「病気だと？　知らぬ」

兄は否定し、

「病気だという噂を信じているのか」

「組頭さまが、私のことをきいていたことに引っ掛かりました。ひょっとしたら、杉浦さまのことと関わりがあるのではないかと思いまして」

「知らぬ」

兄は当惑したように、

「しかし、組頭さまがそなたのことをきいたわけが気になる。明日でも、組頭さまに訊ねてみよう」

「もしかしたら、杉浦さまのご病気は秘密にされているかもしれません」

「秘密？　なぜだ？」

「じつは病気ではなく、怪我をされたのではないかと」

「怪我……」

兄は眉根を寄せ、

「新吾。そなた、何か知っているな。病気の噂を誰から聞いたのだ？」

「すみません。じつは、幻宗先生はあるお屋敷で腹部に傷を負った武士を治療いたしました。その武士が杉浦さまではなかったかと」

「傷？　腹部に傷とはどういうことだ？」

「脇差で刺されたようです」

「なんと？　刺された？」

「はい。詳しいことはわかりません」

「お屋敷とはどこだ？」

「丸山藩村沢家の下屋敷です」

少しためらったが、新吾は正直に話した。

「なぜ、御徒頭さまが村沢家の下屋敷にいるのだ？」

「杉浦さまの妹御が肥後守さまの側室になられているそうでございます」

「……」

兄は目を細めた。

「兄上」

新吾は念のために付け加えた。

「まだ、幻宗先生が治療したお方が杉浦さまだと決まったわけではありません。不用意に、お漏らしにならぬほうがよろしいかと。組頭さまにも」

「うむ」

兄は考え込んでいる。

「兄上」

新吾は声をかけた。

兄ははっとしたようになって、

「杉浦さまはなかなか高慢なお方で、あまり評判はよくない。自分が気に入らぬと下のものに当たり散らす。その代わり、自分に忠実な者はよく面倒を見るらしい。何者かに刺されたと知れば、喝采《かっさい》する者もいるかもしれぬな」

「杉浦さまはそのようなお方なのですか」

「俺は直接は知らぬが、そういう噂だ」

「ともかく、まだ杉浦さまだと確かめられたわけではありません。もし、違っていたら、あとで面倒なことになりましょう」

「わかった」

「兄上。きょうはこれで」

新吾は別れの挨拶をした。

屋敷を出て、神田川に向かっていると、背後から声をかけられた。

「もし」

新吾は立ち止まって振り返る。

商家の主人ふうの男が近付いてきた。三十半ばの中肉中背《ちゅうぜい》の男だ。後ろに、手代らしい男がいた。

「ちょっと、お訊ねします」

「はい」

「宇津木新吾先生ですね」

主人が確かめる。

「そうです」

「私は神楽坂《かぐらざか》で『川路屋《かわじ》』という料理屋を営む者でございます。じつは、お旗本の杉浦藤四郎さまにお世話になっているものですが、近頃、お出でになりません。それで、病気でもしているのではないかとお屋敷にお伺いしましたが門前払いでございます」

「……」

「なんとかお屋敷の奉公人をつかまえて問い質したところ、寝込んでいるというお話でした。それで、お見舞いに上がろうとしましたが、やはり、お屋敷では殿さまは寝込んでいないから見舞いなど不要と言われました」

『川路屋』の主人は途方にくれたように、

「そこで、お屋敷に出入りをしている医者に金を握らせて聞きました。すると、幻宗先生にもう一度、診てもらわねばならないと仰っていました。実際、どうなのでしょうか」

「でも、どうしてここに？」

「じつは宇津木先生も幻宗先生といっしょだったとお聞きし、小舟町にお訪ねしたところ、実家のこちらに行っているとお聞きし、失礼かと思いましたが、ここでお待ちしておりました」

「なぜ、幻宗先生のところに行かなかったのですか」

「医者が、まず宇津木先生にお願いし、宇津木先生から幻宗先生に話をしてもらったほうがいいと言うので……」

「そうですか」

新吾は腑に落ちなかった。それに、この男がこの場所で待っていたことが引っかかる。ここには幻宗の施療院からまわってきたので、順庵が実家に寄ることを知っていたとは思えない。あるいは、順庵はそう察して答えたのだろうか。

「お侍さまに治療を施しましたが、私たちはそのお侍さまがどこのどなたかは教えていただいておりません。ですので、手当てをしたお方が杉浦さまかどうか、私たちは知らないのです」

新吾は慎重に答えた。

「さようでございますか」

主人は呟いてから、

「幻宗先生が治療したのは杉浦さまに間違いないようでございます。お医者さまは、自分の手に余るので幻宗先生に診てもらわねばならないと仰っておりました」

この男はかなり事情を知っている。偽りを話しているのではないようだ。

「そうですか。私たちが治療したのは杉浦さまでしたか」

杉浦藤四郎に間違いないだろうと思った。

「お医者さまは幻宗先生に診てもらわねばならないと仰っていたのですか」

「そうです。いかがでしょうか。幻宗先生がもう一度治療すれば、杉浦さまは完治なさるのでしょうか」

「すると思います。幻宗先生も、そのことを気にしておりました。ただ、相手がどなたかわからず、為す術がなかったのです。もし、杉浦さまのほうから治療の依頼があれば、幻宗先生はただちに駆けつけるはずです」

「そうですか」

「ただ、お屋敷のほうで、その気がないと、私たちにはどうすることも出来ません」

「わかりました。お引き止めして申し訳ありません」

「なぜ、それほど杉浦さまに？」

「はい。じつは杉浦さまは付けがだいぶ溜まっておりまして。その付けをいただきたいと思いまして。では、失礼します」

主人は頭を下げて、新吾と反対方向に去って行った。

思いがけず、怪我人が杉浦藤四郎であることがはっきりし、傷口が化膿して悪化していることは間違いないようだ。


小舟町の家に帰った。夕餉を済ませ、順庵は酒を呑んでいた。

「先にやっている」

順庵が盃を口に運びながら言う。

「神楽坂の『川路屋』の主人が私を訪ねてやって来ませんでしたか」

「神楽坂の『川路屋』？　いや、来ない。どうだ、来たか」

順庵は義母に確かめる。

「いえ、来ませんでしたよ」

「……」

「だが」

順庵が口を開いた。

「新吾を訪ねて男がやって来た。若い男だ」

「若い男ですか」

いっしょにいた手代ふうの男かもしれない。

「うむ。だが、誰かは名乗らなかった。ただ、新吾先生はお帰りですかときいてきた。だから、まだ帰ってこないと言った。それだけだ」

「御徒町に行ったとは」

「いや。言ってない。なぜだ?」

「いえ、なんでもありません」

では、『川路屋』の主人はどうして新吾が実家に行くことがわかったのか。つけられていたとは思えないが……。

あっと思った。幻宗の施療院を出たとき、誰かに見られているような視線を感じた。だが、それはすぐになくなった。

その後、いつもは永代橋を渡るが、御徒町にまわるので新大橋《しんおおはし》を渡った。その際にもつけられている気配はまったくなかった。

だが、想像はついた。『川路屋』の主人は新吾を小舟町の家の前で待ち構え、手代ふうの男は幻宗の施療院の前で見張っていた。

しかし、新吾は新大橋を渡った。手代ふうの男は新大橋を渡ってから小舟町に行き、主人に告げる。それで、御徒町の実家に向かったと考えたのではないか。

つまり、『川路屋』の主人は、新吾のことをよく調べているのだ。いよいよ、あの武士が杉浦藤四郎であることは間違いない。

杉浦藤四郎とおせい、正吉の間で何があったのかはこれからだ。その前に、藤四郎の容体だ。幻宗の不安が現実のものになろうとしている。悪化しているとなれば、早めに手を打たねばならない。

だが、こっちから押しかけることは出来ない。藤四郎の屋敷からの迎えを待つしかなかった。

五

翌日、順庵に暇をもらい、新吾は幻宗の施療院に行った。

診療のはじまる前に、新吾は幻宗と小部屋で差し向かいになった。

「先生。まず、あの怪我人の名がわかりました」

「……」

「旗本杉浦藤四郎さまです」

「旗本?」

「はい。千石の旗本で、御徒頭を務めており、杉浦さまの妹御が村沢肥後守さまの側室になっているようです」

「なるほど。そういう間柄か」

「あの日、肥後守さまは下屋敷に客人を招いて酒宴を開かれた。そこに、杉浦さまも参列なさいました。先生」

　新吾は身を乗り出し、

「じつは、その酒宴が開かれたのと同じ日、義父順庵の患家である紙問屋『栃木屋』の内儀おせいさんと手代の正吉さんが得意先である杉浦さまの屋敷に挨拶に行ったまま行方不明になりました」

「……」

　幻宗の目が鈍く光った。

「そして、数日後に橋場の真崎稲荷の裏で正吉さんの亡骸が、さらに数日後，内儀さんの亡骸が今度は鉄砲洲稲荷の裏手で見つかりました。共に川っぷちです。亡骸は舟で運ばれてきたものと思われます」

　幻宗は黙って聞いている。

「正吉さんは刀で斬られ、内儀さんは簪で喉を突いて自害したものと思えます。これは、想像でしかありませんが、杉浦さまは内儀さんを手込めにしようとしたのではないでしょうか。そのため、内儀さんは簪で喉を突いて自害したのです。正吉さんは異変を察し、部屋に駆け込み、刀かけにあった脇差を摑んで夢中で杉浦さまの体にぶつかっていった……」

幻宗は厳しい顔で頷いた。

「徳造さんが見た長持の中には、正吉さんの亡骸が入っていたのではないでしょうか。これも、想像でしかありませんが、正吉さんの着物の一部がはみ出ていたとか」

「それだけでは死体だとわかるまい」

幻宗が口をはさんだ。

「徳造は死体らしいものを見たのではないか」

「見た?」

「長持を舟に乗せるとき、何らかの拍子で蓋が外れた。徳造に中味が見えたのだ。だが、まさか、死体とはすぐには気づかったのではないか」

「それで、私の話から、下屋敷で何かあったと考え、中間の八助を問い詰めたのですね」

八助が長持を運んでいたのだ。だから、八助を問い詰めた。いや、黙っているから金を出せと、強請を働いたのだ。が、逆に殺されてしまった。

「事件の大筋が摑めました。でも、その証は何もありません」

新吾は悔しそうに言う。

「よいか。今のことをすべて奉行所に話し、あとは任せるのだ」

「しかし、奉行所にどこまで出来ましょうか」

下屋敷で起きたことを調べるのは難しいのではないか。それに、おせいと正吉の亡骸は下屋敷から遠く離れた場所で見つかっている。今さら、下屋敷で殺されたと明らかには出来ないだろう。

新吾はその懸念を口にした。

「しかし、それしか手はない。我らには何も出来ない」

幻宗は首を横に振った。

「でも、『栃木屋』の内儀さんや正吉さんの恨みを誰かが晴らしてやらなければ、殺された者は浮かばれません」

「我らは医者であることを忘れるな」

「しかし」

「奉行所がその気になれば、御目付を動かせばよい」

旗本や御家人を監視するのが御目付だ。だが、十分な証拠がなければ、御目付も動けないはずだ。

新吾はもっと積極的に奉行所や御目付に手を貸したいと思ったが、幻宗は反対のようだった。

医者としては幻宗の言うとおりかもしれない。だが、新吾は医者であると同時に、悪事を許せない普通の人間だ。

出来ることなら、下屋敷で起きたことの証を捜し、奉行所に差し出したい。しかし、そのことに関わっていたら、患者を診る時間がなくなる。

「この件で、そなたが出来ることは、奉行所の者に今の話をすべてして、あとを任すこと。そして、もし依頼があれば、杉浦藤四郎どのの治療に当たる。それだけだ」

そう言い、幻宗は立ち上がった。

新吾は納得いかなかったが、幻宗の言い分もよくわかるだけに、気持ちの整理がつかなかった。

ともかく、同心笹本康平と岡っ引きの伊根吉に自分の考えを話すことだ。もしかしたら、笹本康平ら奉行所の力で核心に迫ることが出来るかもしれない。

施療院を出てから、新吾は各町の自身番に伊根吉の居場所をきいてまわった。そして、ある自身番で、つい今し方、やって来たと聞き、次の門前仲町のほうに急いだ。

すると、同心の侍と尻端折りした男がふたり、富岡八幡宮《とみおかはちまんぐう》のほうに歩いて行く後ろ姿が見えた。笹本康平と伊根吉、そして手下の米次だとわかった。

「笹本さま」

三人に近付き、新吾は声をかけた。

「やっ、宇津木先生じゃありませんか」

伊根吉が立ち止まって言った。

「じつは、徳造さんのことでわかったことをお知らせしたいと思い、捜していました」

「何かわかったんですかえ」

「はい」

「聞きましょう」

笹本康平が言い、近くにあったそば屋に向かった。

先に伊根吉が店に入り、

「親爺。すまねえが二階貸してもらえるか」

と、きいた。

「親分さん。これは笹本の旦那」

そば屋の主人はいやな顔をせず、

「どうぞ、使ってください」

と、勧めた。

「すまねえな」

伊根吉は言い、新吾に上がるように言う。

二階の小部屋に、四人が車座になった。

「幻宗先生が老武士の懇願により、肥後守さまの下屋敷で怪我をしたお侍さまに治療を施したことからはじまります」

翌日、下屋敷に術後の経過を見に行ったところ、そんな事実はないと追い払われたことから、『栃木屋』のおせいと正吉がいなくなったことなど話し、そのふたりの亡骸が見つかったことも伝えた。

「最近になって、怪我人のお侍は旗本の杉浦藤四郎さまだとわかりました。杉浦さまの妹御が村沢肥後守さまの側室という間柄から、その日は宴席に招かれ、ついでにおせいさんと正吉さんも下屋敷に連れて行きました。そして、酒に酔った杉浦さまは、おせいさんを手込めにしようとしたんです。おせいさんは抗った末、自分の簪で喉を突き刺して自害し、それを見た正吉さんは脇差を奪い、夢中で杉浦さまの腹を目掛けてぶつかって行ったんです。脇差は腹に突き刺さりましたが、正吉さんは駆けつけた下屋敷の侍に斬り殺されたのです」

「……」

伊根吉は真剣な眼差しできいている。

「徳造さんは、酔うと小名木川の川っぷちで寝入ってしまう癖があったそうです。あの夜もそうだったのです」

新吾は自分の想像をすべて話した。

「亡骸の入った長持を舟まで運んだのが中間の八助だった。だから、徳造は八助に迫ったってわけですね」

伊根吉が昂《たかぶ》りを抑えて言う。

「そうだと思います」

「だが」

笹本康平が渋い顔をし、

「下屋敷でそのような惨劇があったことを、明らかにすることは無理だ」

と、匙《さじ》を投げたように言う。

「旦那。八助です。八助をとっちめて口を割らせましょう」

伊根吉が訴える。

「八助は下屋敷にいるのか」

笹本康平がきく。

「いえ。心配なことが……」

「もう、下屋敷にはいないようです。待田文太郎という家来の話では旅に出たと」

新吾は口惜しそうに言う。

「逃がしたのか。まさか、口封じで……」

その考えも捨てきれない。

「じつは先日の夜、待田文太郎と八助らしき男が舟で大川にでるのを見ました。八助を殺して大川に捨てたとは思いたくないのですが」

新吾は不安を口にした。

「念の為に、死体が流れてこなかったか、河口のほうを調べてみるのだ」

笹本康平が伊根吉に言う。

「へい」

「それから、事件の日、『栃木屋』の内儀さんと正吉さんは下屋敷にやって来たはずです。ふたりを見た人間がいるかもしれません」

「わかった」

笹本康平は応じたが、

「だが、なかなか難しい捜索だ」

と、憂鬱そうに言う。

「はい。ですが、『栃木屋』の内儀さんと手代、そして徳造さんの三人が犠牲になっているのです。このまま見過ごしていいわけがありません」

新吾は怒りを見せた。

「ともかく、下屋敷の奉公人をしらみ潰しに当たってみよう」

笹本康平は厳しい表情で言った。

「私は津久井半兵衛さまにもこの話をして、『栃木屋』の内儀さんと旗本の杉浦さまとの関わりを調べるようにお願いしてみます」

「よし」

「では、あとをよろしくお願いいたします」

「宇津木先生もこれからもいろいろ手をお貸しくださるんですよね」

伊根吉がきいた。

「はい。ただ、私には医者としての仕事がありますので」

「宇津木どの」

笹本康平が口を入れた。

「場合によっては、あなたに待田文太郎という家来に威しをかけて頂くようになるかもしれませぬ」

「威しですか」

「そう。待田文太郎に今の考えを話せば、あわてるに違いない。そこから付け入る隙が見つかるかもしれぬ」

笹本康平は言ってから、

「ただ、極めて危険なことだ。宇津木どのに刃が向けられるかもしれない」

「そのことは覚悟の上です」

新吾は即座に答えた。

確かに、医者は患者のためにある。だが、患者にとって必要なのは医者であり、新吾自身ではない。医者には代わりがいる。

だが、おせいと正吉、そして徳造の恨みを晴らすことが出来るのは自分しかいない。

幻宗の顔が脳裏を掠めたが、新吾は自分の気持ちに素直になろうと思った。

その日の夕方に、新吾を訪ねて津久井半兵衛がやって来た。

「私を捜しておいでのようでしたが」

「はい。お話ししたいことがありまして」

新吾は半兵衛を客間に通し、差し向かいになってから、笹本康平に告げたのと同じことを話した。

聞き終えてから、半兵衛は厳しい表情で、

「もし、その想像が当たっていたら、すべて説明がつきますね」

と言い、すぐため息をついた。

「それにしても、相手が大名と旗本とは厄介なことになりました」

「はい。証はなく、想像でしかありません。でも、状況が想像を裏付けていると思います。あとは、証です」

「今からでは、その証を見つけ出すことは難しい」

「でも、出来ないわけではありません。たとえば、内儀さんと正吉さんが肥後守さまの下屋敷に行ったかどうか。ふたりは小石川の杉浦さまのお屋敷に挨拶に行ったまま帰ってこなかったのです。おそらく、舟で下屋敷に行ったのではないでしょうか。津久井さま」

新吾は身を乗りだし、

「杉浦さまの舟に、内儀さんと正吉さんが乗り込むのを見ていた人間もいるのではないでしょうか」

「そうですね。杉浦さまの屋敷からのふたりの足どりを探ってみましょう。奉公人も何か知っているかもしれません」

半兵衛は顔をしかめ、

「内儀さんも、杉浦さまの誘いを断りきれなかったのでしょうね。正吉もいっしょなので、安心したのかもしれません」

「まさか、肥後守さまのお屋敷でそのような卑怯な振る舞いに及ぶとは想像もしていなかったでしょうし……」

新吾は杉浦藤四郎の卑劣な振る舞いに怒りを抑えきれなかった。

「少し証が揃ったら、御目付に相談してみます」

旗本や御家人の曲直《きよくちよく》を見張るのは御目付の役目だ。

「『三ツ木屋』の豊右衛門は房太郎への憎しみからあんなことを言いふらしたことになるな。一度、豊右衛門に注意しておかねばなりますまい」

半兵衛はそう言ったが、新吾は『三ツ木屋』が杉浦藤四郎の屋敷に出入りをしていることが気になっていた。

第四章　医者の魂

一

翌日、新吾は北森下町の長屋に吾一を往診した。

吾一は横になっていたが、目を開けていた。

「どうですか」

「またしこりが大きくなったような気がしますが、薬のおかげで痛みが少ないので楽です」

吾一は目をしょぼつかせて言う。

幻宗が痛み止めの薬草を考えている。医者は無力なものだという考えが幻宗の根底にある。病を治せないのなら、せめて痛みを和らげ、死の恐怖から解き放ってやりたい。そういう考えから、痛み止めを作ることに心血を注いでいる。

幻宗の施療院で治療をはじめて一年以上経ったが、ここで何人もの患者の最期を看取ってきた。

だが、みな死を素直に受け入れて死んで行った。痛みから七転八倒の末に息を引き取ったり、怖がりながら死んで行った患者はいなかった。

しかし、それはたまたまであり、もっと生きたいと思いながら、病魔に負けていく人間もたくさんいるかもしれない。

だが、幻宗の施療院の患者の死がみな穏やかなのは、痛み止めの薬のおかげであろう。そうはいっても、医者であるからには病に打ち勝ちたいという思いは強い。

「先生。この前の話」

「この前？」

「麻酔剤と解剖ですよ」

吾一は言う。

「その気になったら、いつでも腹を裂いてくださっていいですぜ」

「吾一さん。それで治せるものなら喜んでやらせていただきます。でも、今の医学はそこまで行っていません」

「だから、あっしの体を役立たせたいんですがねえ」

「幻宗先生に今の話をしたら、落ち込んでいました。患者さんにそのような気を使わせるような医者は無能だそうです」

「あの先生らしいや」

吾一は苦笑した。

「でも、おかげであっしはやすらかな気持ちで死んでいけそうです」

吾一は言ったあとで、

「徳造さんを殺した奴はわかったんですかえ」

と、きいた。

「ええ、目星はつきました。でも、まだ、証がないので捕まえるまでには至っていません」

「誰ですか」

「まだ、はっきり下手人と決まったわけではないので」

「でも、ほぼ間違いないんでしょう」

「ええ」

「じゃあ、間にあいそうですね」

「ええ。あっしが死ぬまでに下手人が捕まれば、あの世で徳造さんに会ったとき、おめえを殺した奴は捕まったぜと話してやれますからね」

「そんなに話して疲れませんか」

「ええ、ちょっと。でも、久し振りにたくさん喋ることが出来てすっきりしました」

「そうですか」

「先生。下手人が捕まったら教えてくださいな」

「わかりました。教えますよ」

「じゃあ、あとで薬を飲んでください」

「へえ」

吾一は目を閉じた。

隣のかみさんがやって来て、

「先生。ごくろうさまです」

と、声をかける。

「すみませんね。いつも、面倒を見ていただいて」

「このぐらいのことは当然ですよ」

「間にあう?」

かみさんは笑いながら言う。

「薬を置いておきます。よろしくお願いいたします」

新吾はかみさんにあとを託し、長屋を引き上げた。

あのかみさんも持病の癪《しゃく》で苦しんでいたが、幻宗の施療院で治療を受け、完治した。その間の薬礼もただであり、そのこともあって吾一の面倒を見てくれているのだ。

この長屋の住人はほとんど幻宗の施療院で病気を治してもらったことがあり、皆が代わる代わる吾一の面倒を見ている。

幻宗の施療院の患者はただで治してもらったことの感謝を忘れず、何かと施療院の手助けをしてくれている。

大仰に言えば、幻宗の施療院を中心に周辺の長屋すべてが施療院の範囲であるかのようだ。

そのことひとつとっても、幻宗の偉大さがわかる。薬礼をただにすることの功が人人の助け合いの気持ちをより育んでいるようだ。

施療院の掃除も患者だったひとがやってくれる。余裕があるひとは米や野菜を差し入れてくれる。

幻宗はそこまで計算して薬礼をただにしたのだ。それが出来るのも元手があるからだ。

当初は金主がいるのかと思っていたが、最近になってそうではないことがわかった。幻宗はどこかに薬草園を持っているのだ。幻宗は一時期、姿を晦《くら》ましていた。その間、幻宗は全国の山野を歩き回って薬草を探していたのだ。

どこかに薬草園を造り、その薬草から出来た薬を薬種問屋などに売り、その儲けで施療院を続けている。

幻宗の施療院によくやってくる男がいる。あの男は幻宗の薬草園からやってくるのだ。

新吾は今ではそう思っている。幻宗は本草学にも造詣が深い。もし、野心家ならとんでもない栄達を果たすだろうと思うが、本人にはまったくその気がないのだ。

そんな幻宗は新吾にとって仰ぎ見る存在であり、自分はとうてい幻宗になり得ない。自分は医者として富と栄達を求め、それで得たものを患者に還元する。そういう生き方で幻宗に近付くしかない。

そんなことを思いながら施療院に向かっていると、岡っ引きの伊根吉に出会った。

「宇津木先生、ちょうどよいところに。これから施療院にお伺いしようとしていたところです」

「何か」

「芝の神明《しんめい》町にある呑み屋で女に絡んでいた中間がいました。その中間は最近になって愛宕下《あたごした》にある三上《みかみ》藩の上屋敷に奉公したそうです。あの界隈を縄張りにしている千《せん》吉《きち》親分の話だと八助と名乗っているそうなんです」

「八助ですって」

「ええ、ひょっとしたら、肥後守さまの下屋敷にいた八助じゃないかと思いましてね。笹本の旦那がとりあえず、女を殴った疑いで大番屋にしょっぴき、捜している八助かどうか問い質そうということになりました。場合によっては、宇津木先生に手助けしていただきたいのですが」

「もちろんです。いつでも仰ってください」

「ありがとうございます。千吉親分の手下が見張ってくれていますが、屋敷から出て来るのを待って捕まえます。明日、遅くとも明後日には大番屋にしょっぴけると思います」

伊根吉は高橋のほうに向かって走って行った。

口封じのために殺されている恐れもあったので、新吾はほっとした。待田文太郎は旅に出たと言っていたが、愛宕下の大名屋敷に逃がしたのだ。

まだ、その男が八助かどうかわからないが、新吾はそうであることを願いながら施療院に戻ってきた。

施療院の前に駕籠が二丁停まっていた。駕籠かきが固まって、煙草をすいながら下卑《げび》た話をしていた。

中に入ると、幻宗が年配の武士と向かい合っていた。

「新吾。よいところにきた。杉浦さまの用人どのだ」

幻宗が言う。

「お初にお目にかかる。用人の津島三五郎《つしまさんごろう》にござる。ぜひ、殿の傷を診ていただきたく、参上した」

「杉浦さまの症状はどうなのですか」

新吾は気が急いてきく。

「傷口が膿んで、高熱を発しております。一刻も早い手当てをお願いしたい」

津島三五郎は訴える。

「新吾。支度だ」

「はい」

外の駕籠は三五郎が乗るものではない。幻宗と新吾のために用意されたものだった。

「おしんさんも？」

立ち上がって、新吾は幻宗にきく。

「おしんはいい」

幻宗が言う。

「助手はおりますので」

幻宗と新吾だけでと三五郎は言った。屋敷内にも医者がおり、助手はこと足りるからということであった。秘密を要するので、人数を限らせたかったのか。おしんは施療院に残り、幻宗と新吾は駕籠に乗って出かけた。

出立間際、三五郎が言った。

「駕籠かきに行き先は告げてあります。私はあとから追いつきますので先にお願いいたします」

その言葉も、杉浦藤四郎の症状を考えれば当然だと思った。

駕籠が両国橋を渡るころには陽が落ち、柳原《やなぎわら》通りに入ったときには辺りは薄暗くなっていた。

やがて、昌平橋《しょうへいばし》を渡り、本郷《ほんごう》通りに入った。

それから、四半刻後、駕籠は雑木林の中に入った。新吾はおやっと思った。さっきは寺を過ぎて脇道に入った。こんなほうに武家屋敷の表門があるとは思えない。裏門から入るつもりなのか。

突然、駕籠が止まった。

「着きました」

駕籠かきが言う。

「ここは？」

新吾はきいた。

「へえ、ここまでご案内するようにと言われました」

新吾が駕籠から下りると、駕籠かきは来た道を戻って行った。幻宗も出てきた。雑木林の向こうに、武家屋敷の塀が見える。裏門から入るにしても、少し距離があり過ぎる。

「どうやら騙されたようだな」

幻宗が呟いた。

「何のために、幻宗先生まで……」

新吾を狙う理由はわかる。事件の真相に迫っているからだ。もっとも、敵からすれば、幻宗も同じだとみているか。

晩夏だが、まるで秋の夜風のようにひんやりしていた。やがて、足音がした。

四人の浪人が現われた。揉み上げの長い大柄な侍が先頭になって近付く。殺気が漲《みなぎ》っている。

「幻宗どのと宇津木新吾どのであるか」

大柄な侍がしゃがれた声できいた。

「そなたたちが患者のところに案内するのか」

幻宗はわざときいた。

「患者とは何だ？」

大柄な侍が鼻で笑う。

「津島三五郎どのに頼まれたか。津島どの、出て参れ」

幻宗が叫ぶ。

「ここにおります」

樹の陰から、三五郎が現われた。

「患者はどうした？」

幻宗は叱るように言う。

「いや、もう結構でござる」

　三五郎が答える。

「結構とは？」

「治療はいらぬということです」

「津島どの。杉浦どのの症状はどうなのだ？　こんなことをしている間に、手当てが遅れたら大事ぞ」

「心配いりません」

「化膿して高熱を発しているというのは嘘なのだな」

　幻宗が鋭くきく。

「そうです」

「先日、声をかけられた神楽坂の『川路屋』という料理屋のご主人は杉浦さまの症状は重いと言ってました。ほんとうに、杉浦さまは傷口を化膿させ、高熱を発しているというわけではないのですね」

　新吾が口をはさむ。

「心配いりません。ぴんぴんしています」

「ほんとうに、元気なのだな」

幻宗が念を押す。

「元気です」

「それならいい。では、我らは帰る。そこを退くのだ」

幻宗は怒鳴るように言う。

「それは出来ません」

「出来ぬと？」

「我が殿の秘密を知られたからには生きていられては困る。ふたりとも、ここで死んでもらいたい」

「秘密とはなんだ？」

幻宗が問いかける。

「我が殿が肥後守さまの下屋敷で怪我をした。そのわけを知られたくないのです。おふたりのことが気になってならないようですので、可哀そうですがここで死んでいただきます」

「我らを殺して、殿さまが喜ぶのか」

「殿のご命令です」

「その連中はそなたが雇った者か」

幻宗がきく。

「そうです。腕利きの侍を雇いました。覚悟を決めていただきましょう」

「教えてください」

新吾は一歩前に出た。

「杉浦さまを刺したのは誰ですか」

「そのようなことを知る必要はない」

「あのとき、肥後守さまの下屋敷で何があったのですか」

「くどい」

三五郎は叫んだ。

「やってくれ」

三五郎はそう言い、後ろに下がった。

大柄な侍が抜刀した。

「新吾。この男はわしが相手をする。他の三人はそなたひとりで十分だ」

幻宗は相手の技量をたちまち見極めたようだ。

「はい」

新吾は薬籠を樹の下に置き、三人の浪人のほうに向かった。

三人ともそこそこ腕は立つようだ。新吾を浜町堀に誘き出して襲ってきた浪人とは別人だった。

細身の男が抜刀した。他のふたりが見物を決め込んでいるのは、自分たちが手を出すまでもないと思っているからか。

新吾は素手で立ち向かう。相手はにやつきながら近付き、

「死んでもらう」

と、上段から斬りかかった。

新吾は素早く相手の脇に飛び込み、振り下ろされた剣を避けた。相手はすぐに足を踏ん張り、剣を薙《な》いだ。

新吾は後ろに飛び退く。

「こしゃくな」

相手はかっとなって、強引に突っかかってきた。新吾は腰を沈めて相手の懐に飛び込み、相手の脛《すね》に足蹴りをして飛び退いた。

うっと呻いて相手はよろけた。新吾はすかさず飛び掛かり、今度は相手の剣を持つ手首を蹴り上げた。

たまらず相手は剣を落した。

見ていたふたりが顔色を変えて抜刀した。新吾は細身の男が落した剣を拾った。

「借りますよ」

手首を押さえて呻いている侍に声をかけ、新吾は剣を構えてふたりにたち向かった。

小太りの侍が斬りかかってきた。新吾は身を翻して避け、再び斬り込んできたのを剣で弾き、相手がよろけた隙をとらえて二の腕に剣を突き刺す。

悲鳴を上げて、相手はのけ反った。もうひとりは正眼に構えて、いきなり裂帛《れっぱく》の気合いで突進してきた。

新吾は待ち構え、相手の剣が顔面に迫った瞬間に剣を下からすくい上げて弾いた。相手の剣は宙を飛び、木の根っこに突き刺さった。

幻宗のほうを見ると、幻宗が大柄な侍を捩じ伏せていた。大柄な侍はかなり腕が立ちそうだったが、幻宗は素手で相手を倒した。

新吾は樹の下に置いた薬籠を抱えて、幻宗のそばに行った。

「杉浦藤四郎どのと関わりあるものか。言わぬと、こうだ」

幻宗が大柄な侍の腕をねじ上げげた。

「待て、やめろ」

「言え」

「知らぬ。津島三五郎という侍に金で頼まれただけだ。ほんとうだ」

「頼まれたのは四人だけか」

「そうだ」

「嘘ではないな」

「嘘ではない」

「よし」

幻宗は腕を放した。

大柄な侍は飛び退いてから腕をさすった。

「新吾、だいじょうぶか」

「はい」

「とんだ災難だった」

幻宗は憤然と言った。

「まさか、このような卑劣な手を使うとは……」

新吾は辺りを見回したが、津島三五郎の姿はなかった。

「ともかく、引き上げよう」

「はい」

新吾は薬籠を持って幻宗と歩きはじめる。

「先生。どこかで、駕籠を頼みましょうか」

「いい。足がある」

幻宗はすたすたと歩いて行く。

「今から深川に帰ると、途中で四つを過ぎてしまいそうです。町木戸が閉まり、面倒です。私の家に泊まりませんか」

「そうだな。よし、伊東玄朴のところに泊めてもらおう」

幻宗が思いついて言う。

「玄朴さまですか。でも、これから行って御迷惑だといけません」

「心配ない。金を借りている弱みがあろうから、いやな顔はしないはずだ。いや、今のは冗談だ。玄朴はいやな顔をするような男ではない」

「そうですか。では、玄朴さまの家までお送りいたします」

「よい。そなたも帰りが大変になる。ひとりで行くから心配いらぬ。場所は玄朴から聞いている」

本郷通りから下谷御成道《おなりみち》までやって来て、下谷長者町にある玄朴の家に向かう幻宗と別れた。

新吾は見送りながら、改めて幻宗の凄さに目を見張る思いがしていた。

二

翌日、新吾は順庵に暇をもらい、薬籠を届けに幻宗の施療院に行った。

すでに幻宗は戻っていた。

「先生、昨夜は玄朴先生のところには？」

「泊めてもらった。夫婦して歓迎してくれた。今朝、一番で帰ってきた」

「そうでしたか」

「わざわざ薬籠を持ってきたのか。明日でよかったのだ」

「いえ、大事なものですから」

「わしのことが心配だったか」

「いえ、そういうわけでは……。では、私は引き上げます」

新吾が立ち上がったとき、

「また、襲って来るやもしれぬ。気をつけるのだ」

「はい」

「津島三五郎はほんとうの名ではあるまい。杉浦どののお屋敷に文句を言っても、相手にしてもらえまい」

「無念です。何も出来ないなんて」

「杉浦どのの傷の回復が順調であれば、それでよい。そう思うことだ」

幻宗のように寛大にはなれない。新吾は幻宗の前を素直に下がったが、気持ちはおさまらなかった。

「でも、命まで狙われたのです」

新吾は不満を口にした。

「うむ」

幻宗は唸って、

「妙とは思わぬか」

と、きいた。

「妙？　何がですか」

「昨夜の襲撃だ」

「……」

「わからぬか」

「はい」

「我らを本気で殺そうとしたのか……」

「えっ？」

「本気で殺そうとするなら、なぜ浪人を雇うのだ。仮に、浪人を雇うにしても、なぜ杉浦家の家来が加担しなかった？」

「浪人で十分だと思ったのでは？」

「いや。我らのことを十分に調べてのことだ。まあ、真相はわからぬ」

「威しだったということですか」

「なんとも言えぬ」

幻宗は首を横に振った。

施療院を出てからも、幻宗の言うことが気になった。威しとも思えない。相手は本気で斬りかかってきたのだ。

ただ、これからも襲撃してくるかもしれない。高橋までやって来たとき、待田文太郎に会って昨夜のことを問い詰めてみようと思い、左に折れた。

肥後守の下屋敷に着いて門に向かう。

顔なじみになった門番に、待田文太郎への面会を申し入れた。

「待っていろ」

門番は相変わらず不機嫌そうな表情で言う。

四半刻ほど待たされ、やっと文太郎が出て来た。

「今日はなんだ？」

「昨夜、杉浦藤四郎さまの用人という武士に幻宗先生とふたりで誘き出され、四人の浪人に襲われました」

「誘き出された？」

文太郎はきいたあとで、何かを考えるように眉根を寄せた。

「そうです。杉浦さまの傷が化膿し、高熱を発して苦しんでいるから来てくれと施療院まで用人がやって来たのです」

「嘘だな」

「嘘ではありません。待田さま。十七日、この屋敷で何があったのか、だいたいわかりました」

「……」

「この屋敷に、『栃木屋』の内儀のおせいさんと手代の正吉さんが来ていましたね」

文太郎の顔色が一瞬変わった。

「あの日、酒宴のあと、杉浦さまに手込めにされそうになって、おせいさんは簪で自分の喉を突いたのではありませんか」

「宇津木どの。勝手な想像は控えよ」

「想像が正しいことは昨夜の襲撃が物語っています。失礼します」

「待て。昨夜の襲撃者はどういう連中だ?」

「待田さまはご存じないのですか。杉浦さまのご家来におききになるのが早いでしょう。失礼します」

新吾は踵を返した。

文太郎の視線がずっと背中に当てられているのを意識しながら、新吾は小名木川沿いを去って行った。

それから半刻後、神楽坂の『川路屋』の前に立った。黒板塀に囲まれた大きな料理屋だ。

昼には早く、まだ暖簾は出ていない。ひっそりとしている。

新吾は玄関に向かった。

「ごめんください」

新吾は戸を開け、声をかけた。

はいという返事がして、小太りの中年の女が出てきた。たすき掛けをしており、掃除の最中か。女中頭のようだ。

「まだでございますが」

「いえ。ご主人にお目にかかりたくて参りました。私は宇津木新吾という医者でございます」

新吾は丁寧にあいさつをする。

「旦那さまですね」

「はい」

「少々お待ちを」

女中頭は帳場のほうに向かった。

しばらくして、細身の四十前後と思える男がやって来た。

「手前が『川路屋』の主人でございますが」

「あなたがご主人ですか」

やはり、先日声をかけてきた男とは別人だ。

「失礼ですが、ご兄弟かご親戚に、三十半ばの中肉中背の男の方はいらっしゃいますか」

「弟はおりますが、大柄なほうです」

「番頭さんはいかがでしょうか」

「番頭は小柄なほうです」

「そうですか」

新吾は当惑しながら、

「こちらに旗本の杉浦藤四郎さまはお出でに？」

と、きいた。

「いえ、いらっしゃいません」

主人は否定した。嘘をついているようには思えなかった。

「いったい、何をお調べでございますか」

「失礼しました。じつは、先日、神楽坂の『川路屋』という料理屋の者と名乗る三十半ばぐらいの男のひとから声をかけられました。旗本の杉浦さまが病気で寝込んでいるが、杉浦さまの付けがたくさん溜まっているので、私の師の村松幻宗に診てもらえないかという相談でした」

「そのようなことが……」

主人は呆気にとられたように、

「私どもにはそのような事実はありません。どこその料理屋とお間違いになられたのではありませんか」

と、冷たく言う。

「どうやら、そのようですね。でも、確かに、神楽坂の『川路屋』と聞きました。この界隈で、似たような名の料理屋はありますか」

「いえ、ありません」

「そうですか。私の聞き違いのようです。どうも、お騒がせをして申し訳ありませんでした」

「いえ」

新吾は引き上げかけたが、主人が呼び止めた。

「もし」

「はい」

新吾は立ち止まって振り返る。

「先程、三十半ばの中肉中背の男の方と仰っておりましたね。他に、その男の特徴は何かありますか」

「他に特徴ですか」

新吾は思いだそうとした。

「そういえば、右眉の横に黒子《ほくろ》があったような気がします。のんびりした喋り方でした」

「……」

「何か」

新吾は胸を高鳴らせた。

「一度だけ、お出でになったことがあるお客さまに似ていると思ったものですから」

「どなたですか」

「申し訳ありません。お客さまのことはお話ししかねます」

「そうですね。わかりました。でも、杉浦さまとのつながりではないのですね」

「違います。他のお武家さまです」

「他の？」

「すみません。これ以上は御容赦を。あとで、ぺらぺら喋ったと叱られてしまいますから」

主人は苦笑して言う。

「わかりました。では、失礼いたします」

新吾は『川路屋』の玄関を出た。

先日の男は嘘をついて、新吾に近付いてきた。だが、杉浦藤四郎の症状もよく知っていた。杉浦藤四郎の身近にいる人間であることは間違いない。そして、襲撃したのは、まさに杉浦藤四郎の罪を暴かれるのを恐れてのことだ。

『川路屋』の主人の名を騙《かた》った男は、杉浦藤四郎の屋敷出入りの商人であろう。藤四郎に頼まれて、新吾に近付いたのだ。

藤四郎の屋敷出入りの商人といえば『三ツ木屋』の豊右衛門もそうだ。豊右衛門がおせいと正吉の出奔に関してあのような噂を流したのは、房太郎に対する逆恨みもあるが、杉浦藤四郎に頼まれたからではないか。

つまり、杉浦藤四郎は出入りの商人を操って、身の安全を図ろうとしているのだ。

許せないと新吾は思った。

新吾は神楽坂から大伝馬町に急いだ。

新吾は『三ツ木屋』の客間で、豊右衛門と差し向かいになった。

四十絡みの男で、以前に会ったときには気づかなかったが、ずいぶん頬骨が突き出ている。頬がこけたのだ。

「私が、房太郎を貶《おとし》めようとしたなどと世間で言われましてね。夜は眠れず、食欲もなく、さんざんでした」

豊右衛門は自嘲ぎみに痩せた理由を話した。

「ほんとうはどうなんですか」

新吾は迫った。

「ほんとうも何もありませんよ。私は房太郎に恨みなどありません」

「しかし、一年前、おせいさんにちょっかいをかけたとお聞きしました」

新吾ははっきり言う。

「それは……」

豊右衛門はむっとしたように、

「確かに、おせいさんをくどこうとした。でも、手込めにしようとしたというのは房太郎の誤解です。手代の正吉が勝手に乗り込んできて、そう騒いだだけですよ」

と、吐き捨てた。

「でも、房太郎はそう思い込んでいて、私と絶縁した。そんな房太郎を、私が面白く思っていないのは事実です。でも、だからといって、房太郎を陥れようとは思いません。誰も私の言うことを信じてくれない」

豊右衛門は不快そうに顔を歪めた。

「私は信じます」

「えっ？」

「あなたが、そんな理由からあのようなことを口にしたのではないと、私は信じます」

「……」

豊右衛門は警戒ぎみに、

「なぜ、信じてくれるのですか」

と、きいた。

「あなたは、どなたかから頼まれたのではありませんか」

「……」

豊右衛門は落ち着きをなくした。

「あのような噂をまき散らすように、あるお方から頼まれた。そうではありませんか」

「何を言うのですか」

「三ツ木屋さん。あなたは、夜は眠れず、食欲もないと仰いました。それは、房太郎さんを貶めようとしたなどと世間で言われたからだという理由ではなく、あるお方から頼まれて噂を撒いたことを気に病んでいるのではありませんか」

「何を言うのですか。誰に何を頼まれたというのですか」

豊右衛門の声が震えを帯びた。

「そんなにしてまで庇《かば》うのですか」

「……」

「旗本の杉浦藤四郎さまから頼まれたのではないですか」

新吾はさらに迫る。

「あなたは、杉浦さまに頼まれて房太郎さんを貶めようとしたのです」

「なんの証があって、そのようなことを？」

「おせいさんは簪で喉を突いて死んだのです。なぜ、自害しなければならなかったのか。杉浦さまに手込めにされそうになったからです」

「まさか」

「六月十七日、おせいさんと正吉さんは杉浦藤四郎さまのお屋敷に挨拶に行ったそうです。そのあと、誘われ、深川の村沢肥後守さまの下屋敷に行きました。酒宴のあと、杉浦さまはおせいさんを手込めにしようとしたのです。おせいさんは操を守るために自害したんです。駆けつけた正吉さんは脇差を奪い、杉浦さまに突進した……」

「……」

「正吉さんは家来に斬られ、その夜のうちに橋場の真崎稲荷の裏手に運ばれて埋められた。おせいさんの亡骸はしばらく下屋敷に置かれ、その後、鉄砲洲稲荷の裏に捨てられた」

豊右衛門は肩を落した。

「おせいさんをひどい目に遭わせた人間をあなたは庇おうとしているのではないですか」

「私は……」

豊右衛門が俯《うつむ》けていた顔を上げた。

「杉浦さまの用人さまから、おせいと正吉が房太郎から逃げたのを、房太郎がならず者を使って追っていると告げられたのです。用人さまが言うには、房太郎はおせいと正吉を許せないと言っていたと」

「用人さまが聞いたのを、あなたが聞いたことにしたのですね」

「そうです。私は本気で、房太郎がならず者を雇ったと信じていました。でも、だんだん、妙だと思うようになってきました。なぜ、杉浦さまの用人が私にそのようなことを言わせるのか。だんだん、疑念が深まっていきました。というのも、杉浦さまはおせいさんを気に入っていました。なんとかものに出来ないかと、冗談混じりにも言ってました。だから、ほんとうに手を出したのではないか。でも、そのことを確かめる術がなく、ずっと悩んできたのです」

「よく、お話ししてくださいました。で、あなたは用人どのから頼まれたということですが、杉浦さまにお会いは？」

「いえ、ここ半月ほど、お会いしていません」

「最近、杉浦さまのお屋敷には？」

「ふつか前にお見舞いに行きました。でも、お会い出来ませんでした。屋敷の中もとても静かで……」

「杉浦さまの症状を、用人どのは何と？」

「少し体調を崩しているだけだと」

「妙ですね」

津島三五郎と名乗った男は怪我は回復していると言っていたのだ。豊右衛門の話からは、とうていぴんぴんしているようには思えない。

「杉浦さまは重い症状ではないかと感じたりしませんでしたか」

「はい。ずっとお会いできないのも妙ですし、お屋敷の人々のお顔も暗い感じがして、なんだか不安を覚えたのはほんとうです」

「津島三五郎という年配の武士をご存じですか」

「いえ、聞いたことはありません」

豊右衛門は首を横に振る。

「用人どのではないのですね」

「違います。そういう名前ではありません」

「杉浦さまが怪我をしたという話を聞いていますか」

「いえ。ただ、体調を崩されたというだけ」

「そうですか」

豊右衛門は目を細め、

「正吉はおせいさんを命を賭けて守ろうとしたんでしょうね。私がおせいさんを口説こうとしたときも正吉は血相を変えて飛び込んで来ました。正吉にとっては、おせいさんは憧れの女だったのでしょう」

おせいを守れなかったことで、正吉はさぞかし悔しかっただろう。

「宇津木先生。正吉を殺したのは杉浦さまのご家来ですか」

「いえ。もしかしたら、肥後守さまのご家来かもしれません」

新吾の脳裏を、待田文太郎の顔が掠めた。

「でも、いずれであろうと同じことです。杉浦さまに関わることでの斬殺ですから」

「そうですね」

「今お話しになったことを、津久井さまにお話しくださいませんか。おせいさんと正吉さんの無念は計り知れません。仇を討ってあげないと、おふたりが浮かばれません」

「わかりました。さっそく、津久井さまにお話しします」

「それから、余計なことかもしれませんが、この際、あの噂を流したのは杉浦さまから頼まれたからだということを房太郎さんにお話しになったらいかがですか。おふたりが仲違いをしていたら、おせいさんも悲しいでしょうから」

「はい。そうします。私も謝りたいと思っていたところですから」

豊右衛門は後悔混じりに口にした。

豊右衛門と別れ、外に出てから、新吾は改めて杉浦藤四郎の症状が気になった。津島三五郎と名乗った男は嘘をついているのではないか。なぜ、嘘をつくのか。

もし、藤四郎の症状が思わしくなければ、幻宗の手当てを受けなければ危険な状態かもしれない。

それなのに、なぜ、幻宗を襲ったのか。

新吾はそのわけを考えながら、小舟町の家に戻った。すると、家に兄からの言伝《ことづて》が待っていた。

至急、屋敷に来いというのだった。

三

新吾は御徒町にある組屋敷の総門をくぐり、実家に赴いた。

玄関で声をかけると、すぐに兄が飛び出してきた。

「新吾。待ちかねた。さあ、早よう」

新吾は兄の部屋に向かった。

差し向かいになって、

「組頭さまに、新吾のことを訊ねたわけをきいた」

兄がさっそく切り出した。

「すると、こういうことだった。小普請の旗本大岩主水《おおいわもんど》さまから訊ねられたそうだ」

「小普請の大岩主水さまですか」

「千石の旗本だ」

「兄上はご存じなのですか」

「うむ。お顔は存じあげている。御徒頭の杉浦さまとは親しい間柄だからな。組頭さまは、大岩さまからそなたのことを調べるように言われたそうだ」

「なぜ、でしょうか」

「わからぬ。組頭さまも首を傾げていた。ともかく、わしは組頭さまに問われるまま、そなたが小舟町の宇津木順庵どののところにいることを話した」

「……」

「そうですか」

「ただ、ちょっと気になることを、組頭さまは仰っていた」

「気になること？」

「大岩さまが、杉浦のあとは俺になるかもしれぬと。そうなったら、そなたを取り立ててやると。それで、言われるままに、そなたのことを調べたらしい」

「杉浦のあとは俺になる……。どういうことでしょうか」

藤四郎の傷の具合がよくないことを、大岩主水は知っていて、そう言っているのだろうか。

「兄上。杉浦さまの怪我のことを、組頭さまはご存じでしたか」

「いや。体調を崩されているという話を聞いていたが、詳しいことは知らないようだった」

「大岩さまは、杉浦さまの怪我のことをご存じなのですね」

「そのようだ」

「治療した医者が幻宗先生だということも知っているようですね」

「うむ。知っていよう。だから、そなたのことも知っていたのだ」

「誰から聞いたのでしょうか」

「医者であろう」

「医者ですか」

下屋敷で会った医者かもしれない。門前仲町で開業している福山良安と名乗ったが、それは偽りだった。

丸山藩の藩医だったろう。あの医者が屋敷に帰った杉浦藤四郎を診ているのか。

いずれにしろ、あの医者が大岩主水に経緯を話したのかもしれない。その主水が杉浦のために秘密を守ろうと幻宗と新吾を襲ったのか。

「兄上は津島三五郎という武士をご存じではありませんか」

「津島三五郎？　いや、知らぬ」

「そうですか」

「新吾。杉浦さまの症状はどうなのだ？」

兄が不安そうにきいた。

「何か心配なことでも？」

「だいぶ悪いのではないかという噂があるそうだ」

「……」

それがほんとうなら、幻宗を襲うなど以《もっ》ての外《ほか》ではないか。秘密を守るより、命のほうが大事だ。それなのに、なぜ幻宗を……。

そのとき、はっとした。杉浦のあとは俺になるかもしれぬという大岩主水の言葉が何を意味するのか。

「そういうことだったのか」

新吾は思わず呟いた。

「どうした、新吾」

兄が不審そうにきく。

「兄上。おかげでわかりました」

「わかった？　何がだ？」

「兄上。急用を思いだしました。また、参ります」

「おい、新吾」

兄が呼びかけるのを聞き流し、新吾は玄関に向かった。

大岩主水にとっては幻宗がいないほうがいいのだ。幻宗が手当てをしたら、杉浦藤四郎は回復するかもしれない。しかし、幻宗がいなければ死ぬ。

だから、杉浦のあとは俺になるかもしれぬという言葉が出てきたのだ。小普請の大岩主水は御徒頭の職を狙っているのだ。

杉浦藤四郎も汚い人間だが、大岩主水も同じように醜い男だ。

新吾は今の発見を、早く幻宗に知らせたいと思ったが、すでに夜の帳《とばり》が下りはじめていた。

小舟町の家に帰ると、今度は小間物屋の喜太郎が客間で待っていた。義母にきいて、新吾はそのまま客間に向かった。

喜太郎もうさん臭い存在だった。杉浦藤四郎と大岩主水の対立が明らかになった今、改めて喜太郎と会えば、今まで見えなかったものが見えてくるかもしれない。

客間に行くと、順庵が喜太郎と世間話をしていた。

「おお、帰ってきたか」

順庵が顔を綻《ほころ》ばせた。

喜太郎にすっかり丸め込まれているようだ。微塵《みじん》の疑いも抱いていない。そんな感じがした。

「義父上。座をお外しください」

新吾は言う。

「なぜだ？」

「これは私が決めることですので」

同席すれば、必ず喜太郎の肩を持つように口を入れるに違いない。

「そうか」

順庵は渋々立ち上がり、部屋を出て行った。

「面白いお方でございます」

喜太郎が微笑んで言う。

「はい。根は善人でございます」

新吾は応じる。

「さっそくでございますが、先方の藩の江戸家老さまがお会いしたいと仰っておいでございます」

「ご家老さまのお名前は？」

「申し訳ございません。お会いした当日にお名乗り申し上げるということでございます」

「今、名を言えないのですか」

「はい。申し訳ございません」

「なぜ、名を言えないのか、理解に苦しみます」

「いろいろ事情がございまして。偽りの名を教えて、実際に会ったときに偽名だったと告げることも出来ますが、ご家老さまから偽りはならぬと申しつけられております」

「こじつけのように聞こえますが」

「お会いしたとき、すべてわかると思います。宇津木さま。いかがでしょうか。ぜひ、ご家老さまとお会いくださいませぬでしょうか」

「その前に、いくつかお訊ねしたいのですが」

新吾は喜太郎の顔を見つめ、

「御徒頭の杉浦藤四郎さまをご存じでいらっしゃいますか」

と、きいた
「杉浦さまですか。いえ」

「では、同じ旗本で、小普請の大岩主水さまは」

「申し訳ございません。存じあげません」

新吾は喜太郎の顔を見つめていたが、嘘をついているようには思えなかった。もっとも、この質問を予め想像していたら、顔色の変化に気づかれる恐れはないかもしれない。

「最後に、大名家というのは丸山藩村沢肥後守さまではありませんか」

「いえ、違います」

即座に、喜太郎は否定した。

「村沢家ではないのですね」

「はい」

しかし、単に新吾を誘き出すためだったら、大名家の名は重要ではない。新吾が口にする大名家をすべて否定しても、狙いには影響ない。

これ以上、何かを確かめても無駄だと新吾は思った。あとは、家老なる男に直に話してからのことだ。いや、家老と会うこと自体が偽りかもしれないが、喜太郎の申し入れを受けるつもりだった。

相手の狙いがどこにあるか、それを知らねばならなかった。

「わかりました。ご家老さまにお会いいたします」

新吾ははっきり言った。

「そうですか。これで、安堵《あんど》しました」

喜太郎はほっとしたように言う。

「いつがよろしいでしょうか」

「じつは一日置きに、深川の幻宗先生の施療院に行っています。明日は幻宗先生のところですから、明後日か、さらにそのふつか後で」

「では、明後日の夕方でいかがでしょうか」

「結構です」

「明後日の夕方、こちらに私がお迎えに上がります」

「わかりました。よろしくお願いいたします」

喜太郎が引き上げたあと、順庵がやって来て、

「どうなった？」

と、きいた。

「明後日の夕方、喜太郎さんが私を迎えに来て、ご家老さまとお会いすることになりました」

「そうか。先方は新吾を気に入っているようだ。藩医になれれば御目見医への道が拓けよう。まずはめでたしだ」

「義父上、まだ喜ぶのは早いかと」

「なぜだ？」

「じつは、喜太郎さんは肝心なことは何も話していません。大名家の名前も、今度会うご家老の名さえもまだ隠しているのです。ほんとうに、藩医として私が必要なのかは微妙だと思います」

「それは考え過ぎだ。まあよい。前祝いといくか」

順庵は太平楽《たいへいらく》に言う。

おせいが姿を消した直後から元気をなくし、殺されていることがわかってから食欲もなくしていたが、最近になってようやく悲しみが癒《い》えてきたようだ。

夕餉をとったあと、新吾は濡縁に出て、夜風に当たった。縁の下でコオロギが鳴いている。

この忙しさにまぎれ、香保に会いに行っていない。七夕はふたりで過ごしたいと願った。

今庭には昼間大工が入っている。離れを造っている。もうしばらくしたら仕上がる。そうしたら、香保を迎え入れるつもりだ。

月影がさやかで、庭を照らしている。ふと、おせいと正吉のことを思いだした。ふたりの仇を討ってやる。そう誓いながら、その約束はまだ果たせていない。

生きていたら、おせいは房太郎とふたりで七夕を祝うことになったであろう。それが杉浦藤四郎の非道によって奪われたのだ。

さぞかし悔しかっただろう。だが、正吉のほうがもっと無念だったろう。正吉は憧れの女を守ってやれなかったのだ。せめて、杉浦藤四郎の命を奪うことが出来ていたら……。

「新吾。ここにいたのか」

順庵がやって来た。

「いい風だ」

順庵は酒臭かった。

「父上はもう気持ちの乱れは落ち着いたのですか」

「気持ちの乱れ？　ああ、おせいどののことか」

順庵はしんみりし、

「寂しいに決まっているだろう。隠居のところに顔を出すと、診察したあとはいつもおせいどのが茶を出してくれた。それが楽しみだった」

「義父上も、気が若いですね」

「いや。わしにとっては最後のときめきだった。他人の花でも、ひとりで楽しむのは自由だからな」

「私もおせいさんに会ってみたかった。どうりで、義父上は『栃木屋』さんだけはご自分で行くはずですね」

「それも今はない。はかないものだ」

「はい」

「新吾。仇を討てるだろうか。相手が旗本では泣き寝入りか」

「そんなことは許されません」

「おせいどののもそうだが、正吉だって可哀そうだ。新吾より若いんだ。おせいどのを最後まで守ろうとしたのだ……」

「津久井さまがきっと動いてくれます」

笹本康平と伊根吉のほうも探索が進んでいる。八助らしい男が本人かどうか五分と五分かもしれないが、ようやく明かりが見えてきたと思った。

四

翌朝、幻宗の施療院に行き、いつもの小部屋で幻宗と差し向かいになった。

「我らに襲いかかったのは杉浦さまではないようです」

新吾は切り出した。

「杉浦さまの後釜を狙っている小普請の大岩主水さまではないかと思われます」

「……」

「幻宗先生を襲ったのは、杉浦さまの治療をさせまいとしてのことです。やはり、杉浦さまは傷口が化膿し、高熱を発し、きわめて厳しい症状にあるのではないでしょうか」

新吾は膝を進め、

「このことを奉行所を通して御目付に訴えることはできないでしょうか」

「何度も言うようだが、明確な証がなければお取り上げくださるまい。だが、そなたの見方が正しければ、杉浦どのの家来が我らに助けを求めようとしているらしい。そのうち、今度は本物の杉浦どのからの招きがあるだろう」

「そのときはどうなさいますか」

新吾が問いかけたとき、

「宇津木先生」

と、勝手口のほうから大きな声が聞こえた。

伊根吉の手下の米次だ。

「あれは……」

「行ってやれ」

幻宗が言う。

「はっ。失礼します」

新吾は勝手口に出て行った。

「宇津木先生。八助が今朝、三四《さんし》の番屋に芝の自身番から移されました。笹本の旦那が来ていただけないかと」

三四の番屋とは本材木町《ほんざいもく》三丁目と四丁目の境目にある番屋だ。

「わかりました。ちょっとお待ちください」

許しを得に行こうとしたら、背後に幻宗が立っていた。

「行って来い。こっちは心配いらぬ」

「はい」

新吾は気持ちを昂らせて、米次とともに本材木町の三四の番屋に急いだ。

道々、米次から聞くところによると、昨夜、千吉親分が屋敷から出てきた八助を呑み屋の女を殴った疑いで捕まえ、自身番に留め置き、今朝笹本康平の到着を待って大番屋に連れて行ったということだった。

八丁堀との境になっている楓川《もみじがわ》沿いにある大番屋に駆け込むと、笹本康平と伊根吉が取調べをしていた。

「申し訳ござらん。お呼び立てして」

笹本康平が取調べを中断して新吾を迎えた。

「いかがですか」

「黙りこくっています」

「よろしいですか」

「どうぞ」

土間に敷かれた筵《むしろ》の上でふてくされてあぐらをかいている男の前に、新吾は立った。

男を見下ろす。男は顔を背《そむ》けた。

新吾はしゃがんだ。

「八助さんですね」

新吾は声をかける。

男はしかめっ面を横に向ける。

「よくご無事でした。安心しました」

新吾が言うと、八助は怪訝な顔を向けた。

「神田川を舟で下る待田文太郎どのと八助さんを見ていたので、てっきり八助さんは口封じのために殺されて大川に捨てられたのではないかと思っていたんです」

「ばかばかしい」

八助は口許を歪めた。

「いいですか。今まで、私も二度襲われました。あなたが守ろうとしているひとたちは邪魔な人間を平気で始末しますよ」

「……」

「あなたが、大番屋に連れ込まれたことは、もう待田どのの耳に入っているでしょう。あなたが、ここで何も言わなくても、待田どのからしたらべらべら喋ったと思うでしょうね。あるいは、これから喋るかもしれない。もはや、あなたは極めて危険な存在になったのです。ここを出たら、あなたは常に狙われることを覚悟しなければなりません」

新吾は威した。

「そんなこと、あるものか」

八助は強がった。

「ほんとうにそう思いますか」

「……」

「あなたは、下屋敷で何があったか知っている。正吉さんの死体を橋場まで捨てに行ったのもあなたです。あまつさえ、死体を舟に運ぶところを見ていた徳造さんも殺している。よく、待田どのがあなたを生かしておいたと、私は驚いています」

「何が言いたいのだ」

「ここを出て行ったら、あなたは必ず殺されます。そうは思いませんか」

「ばかばかしい」

八助の顔が強張っている。

「ほんとうに、そう思いますか」

「……」

「あなたがしらを切るなら、待田どのをお呼びして面を検めてもらうことになります。もちろん、待田どのはあなたを知らないと言うでしょう。でも、町方があなたを疑っていることを知るでしょうから、あなたを生かしてはおかないでしょう」

新吾は改めて、

「あなたは肥後守さまの下屋敷にいた中間の八助さんですね」

と、問いかける。

「違う」

「私は待田文太郎さんといっしょにいるあなたと会っているんです」

「知らない」

「そうですか。仕方ありません」

新吾は立ち上がり、笹本康平に向かい、

「肥後守さまの下屋敷にいる待田文太郎さまに来ていただいたらいかがでしょうか」

と、きいた。

「来るわけない」

八助が吐き捨てる。

「そうかな」

笹本康平が八助の傍に来て、

「待田文太郎どのに、八助がべらべら喋ったと言おうか」

「……」

八助が目を剝いた。

「関係ないなら、そんなに恐れることはあるまい。宇津木先生。手間隙《てまひま》かけずとも、待田文太郎に八助がすべて喋ったと言います。その上で、この男を解き放ちましょう」

笹本康平は冷酷そうに言う。

「八助さん。おかみにもご慈悲があります。すべてお話しになれば、遠島で済むかもしれません。でも、このましらを切り続ければ死罪」

新吾は助け船を出すように続ける。

「一番悪いのは、『栃木屋』の内儀さんを手込めにしようとした杉浦藤四郎さまではありませんか。内儀さんを助けようとして手代の正吉さんは脇差で杉浦さまの腹部を刺した。でも、家来に斬られた。あなたは、命じられて仕方なく死体を橋場まで捨てに行ったのではありませんか。たまたま死体を運ぶのを徳造さんに見られ、強請られた。自分を守るというより、お屋敷の人間を守るためにあなたは徳造さんを止むなく殺したんです。いずれも自分のためにしたのではありません。あなたには十分に同情の余地があります。でも、ここで知らぬ存ぜぬで押し通せば、まったくの同罪ですよ」

「……」

八助は口をわななかせた。

やがて、八助はぽつりと言った。

「徳造は俺を強請ったんだ。正吉の死体を舟に運ぶとき、もうひとりの担ぎ手がつまずいて長持を落してしまった。そのとき、蓋が外れ、死体が飛び出そうになった。徳造はそのときはまさか死体だとは思わなかったそうだ。あとで、怪我人が出たと聞いて、想像を働かせたと言っていた」

「正吉を斬ったのは誰だ？」

「待田文太郎ですよ。あっしが死体を片づけるために座敷に呼ばれると、正吉はめった斬りにされてました。そばにいた待田文太郎から血の匂いがしました」

「そうか。あのひとが斬ったのですか」

「『栃木屋』の内儀さんが、杉浦さまに別の部屋に呼ばれたとき、正吉さんも強引について行ったそうです」

正吉は最後までおせいを守ろうとしていたのだ。

「内儀の亡骸もおまえが捨てに行ったのか」

「へえ。しばらく屋敷の裏庭に隠していて、頃合いを見計らって鉄砲洲稲荷の裏手まで捨てに行きました」

「長持のもうひとりの担ぎ手はどこにいる？」

「門番の侍です」

そうか、あの門番が八助といっしょに死体を運んだのかと、いかつい顔を思いだした。

「杉浦さまはいつ屋敷に運んだのですか」

新吾は口をはさむ。

「五つです」

「そんな早く……」

新吾は呆れ返った。傷を縫い合わせてから一刻（二時間）足らずで怪我人を移しているのだ。

直参は外泊が許されず、その日の内に屋敷に帰らねばならないことになっているが、無茶だと思った。

「八助」

笹本康平が声をかける。

「今の話を詮議の場でも申し上げるのだ。よいな」

「へい」

「おかみのご慈悲を、俺からも願うから心配するな」

「ありがとうございます」

八助は深々と頭を下げた。

「あとはお願いいたします」

　新吾は笹本康平にあとを託し、大番屋を出た。


幻宗の施療院に帰り着くと、またもや駕籠が二丁停まっていた。

津島三五郎が懲りずにまた誘い出しにやって来たのかと思って客間に駆け込むと、幻宗が鬢に白いものが目立つ老武士と向かい合っていた。

新吾はあっと思わず声を上げた。最初に、肥後守の下屋敷に治療を求めにやって来た老武士だった。すべては、そこからはじまったのだ。

「新吾。今度は本物だ」

幻宗が老武士に目を向けて言う。

「今、杉浦さまの家来に成りすました津島三五郎という男に誘き出されて襲撃された話をしていたところだ。やはり、大岩主水どのの手の者に違いないそうだ」

「大岩どのは何度か見舞いに来てました。そして、医者からいろいろききだしておりました」

老武士が言い、

「宇津木どの。杉浦家の用人の斎田孫兵衛《さいたまごべえ》と申す。どうぞ、お願いいたす。殿を診ていただきたい」

「傷が化膿して、高熱を発し、苦しんでいるそうだ」

幻宗が言う。

「自業自得ではございませんか」

新吾は突き放すように言う。

「返す言葉はござらぬ。ただ、殿は外泊できず、やむなく屋敷に連れ帰ったのです。

しかし、こっちが頼んだ医者は誰も役に立たなかった」

「よいですか。杉浦さまの振る舞いにより、『栃木屋』の内儀と手代のふたりが命を落しているのです」

「……」

「亡骸もごみのように遺棄され、ふたりはどれほど無念だったか。残された『栃木屋』の房太郎さんやご隠居さんの気持ちを思えば、のこのこと顔を出せる筋合いではないはずです」

「お怒りはごもっとも。そのことは幾重にもお詫びいたします」

「頭を下げてもらっても何にもなりません。死んだ人間は帰ってこないのです」

新吾は怒りをぶつけた。

「新吾、支度だ」

幻宗が立ち上がった。

「支度？」

「杉浦どのの治療に行く」

「いやでございます。正吉さんはおせいさんの仇を討って死んで行ったのです。その仇が生きていては正吉さんが報われません。正吉さんから受けた傷で死んで行くべきです。私は杉浦さまを助けることはできません」

「新吾。手を出さずともよい。ついてくるのだ」

幻宗は強い口調で命じた。


半刻あまり後、新吾は駿河台にある杉浦藤四郎の屋敷の奥座敷にいた。

数人の男女が枕元におり、医者の姿もあったが、みな何も出来ずに、ただ虚ろな目をしていた。

杉浦藤四郎は汗をかき呻いていた。幻宗は手伝いの出来る者を残して、あとは下がらせた。

お湯を沸かし、たらいに入れる。おしんが手拭いを浸し、幻宗に渡す。

幻宗は寝間着をはだけて腹部を広げた。晒が巻かれているのを外す。膿が出すのか異臭がした。幻宗は膿を手拭いでぬぐい取った。

新吾は少し離れたところから幻宗の措置を見ていた。

目の前に横たわっている男はおせいを手込めにしようとして自害に追い込んだ男だ。

必死のおせいを守ろうとした正吉の姿が脳裏をかけめぐる。

正吉が駆けつけたとき、すでにおせいが自害したあとであったろう。正吉は逆上し、おせいの仇を討つために脇差を奪い、藤四郎に突進したのだ。

だが、すぐ駆けつけた待田文太郎に斬られた。止めを刺すことが出来ず、正吉は無念の最期を遂げたのだ。

せめて、正吉の敵討ちを成就させてやりたい。杉浦藤四郎が死ねば、僅かながら救いになる。

藤四郎を助けることは正吉の思いを台無しにすることだ。新吾はそう思っている。

皆が息を殺している部屋の中で、藤四郎の呻き声だけが聞こえる。ときたま藤四郎は暴れ、そのたびに足を押さえつけている家来が必死に力を込めた。

幻宗は薬を飲ませた。痛み止めか、いや、麻酔剤だ。使うのに慎重だった幻宗が麻酔剤を使った。

おしんが用意をさせた炭で小刀の刃を熱して、幻宗に渡す。

幻宗は小刀で糸を切っていく。傷口から膿といっしょに血が滲み出た。そのたびに、幻宗は手拭いを求め、傷口辺りを拭き取る。

痛みが走るのか、そのたびに藤四郎の体が波打つ。今、懸命に藤四郎は傷と闘っているのだと思った。

そのとき、新吾の中で不思議な感情がわき起こった。目の前に懸命に生きようとしている患者がいるのだ。

そう思った瞬間、新吾は藤四郎のそばにより、おしんから絞った手拭いを受け取り、膿を拭き取った。

幻宗が新吾の顔を見て、目顔で頷き、再び小刀を糸に当てた。糸がとれ、傷口が開く。新吾は膿を取り出す。

「灯を」

新吾が叫ぶと、医者らしい男がみずから蠟燭の灯で患部を照らした。

新吾は両手で傷口を広げる。幻宗は腹部の黒ずんだものを小刀で切り取る。麻酔が効いてきたのか、藤四郎は暴れなくなっていた。

患部に薬を入れ、幻宗は針で傷口の縫合をはじめた。ときたま、おしんが幻宗の額の汗をふき取る。

すでに、一刻以上は経っていた。

糸を切って、幻宗は大きく息を吐いた。

「幻宗どの」

隅に控えていた用人の老武士が声をかけた。

「終わりました。もう心配はありません」

幻宗は言い切った。

突然、泣き声がした。奥方だ。

「今夜は念のため、我らはここに泊まります」

幻宗は言い、新吾に向かって、

「よくやった。それでいい。それが医者だ」

と、諭すように言った。

それが医者だという言葉が、新吾の身に沁みた。

五

翌日の夕方、新吾は迎えにきた小間物屋の喜太郎に連れられ、蔵前にある寺の山門をくぐり、堂内にある小部屋に通された。

まだ陽は沈みきらず、手入れの行き届いた庭が見通せ、萩《はぎ》の花が咲いていた。まだ、相手は来ていなかった。

喜太郎は杉浦藤四郎や大岩主水のいずれの仲間でもないようだ。だとすると、よけいに喜太郎の狙いがわからない。

「喜太郎さん」

新吾は声をかけた。

「へい、なんでしょうか」

「あなたは、ほんとうは武士ではないんですか」

「これはまた、ご冗談を」

喜太郎は口許を綻ばせたが、目は笑っていなかった。

襖の外にひとの気配がした。

襖が開いて、四十半ばの恰幅のよい武士が入ってきた。喜太郎は平身する。新吾も頭を下げた。

床の間を背にして座ると、

「よう来てくれた」

と、武士は声をかけた。

「宇津木新吾でございます」

新吾は挨拶をした。

「宇部治兵衛《うべじへえ》だ。このたびは突然の申し入れにさぞかし驚かれたであろう」

またしても、藩名を言おうとしなかった。

「喜太郎にかねてからお願いしておいたのだ。そなたを当藩の藩医として召し抱えたいと思ってな」

「ありがたき仕合わせに存じますが、正直申しまして腑に落ちないことばかり。いささか、当惑しております」

新吾は正直に話した。

「うむ。むべなるかな」

治兵衛は素直に頷く。

「宇部さま」

新吾は切り出す。

「まず、不可解な点は、まだ若輩であり、修業中の身であるにも拘《かか》わらず、なぜ藩医にしようと思われたのか」

「うむ。それから」

治兵衛は問いに答えず、新吾に語らせようとした。

「どこのご家中かも教えていただいておりません。なぜ、そうまでして隠さねばならぬのですか」

「それから」

「喜太郎さんはたまたま往診中の私を見たことから、私のことを調べたそうですが、往診中の姿から医者としての技量がわかるはずはありません。つまり、もっと別の理由から、私に目をつけていたのではないかと思いました」

「別の理由とは何かな」

「わかりません」

「その他に何かあるか」

「いえ」

「では、その三点か」

治兵衛がきく。

「はい」

「わしがどこの家中の者かわかれば、すべて氷解しよう」

治兵衛は言い、

「改めて名乗ろう。わしは松江《まつえ》藩の江戸家老宇部治兵衛だ」

「松江藩ですって」

新吾は耳を疑った。

「さよう。村松幻宗が藩医をしていたところだ。そなたは幻宗のところにおる。当然、藩医の話があれば、そなたは幻宗に相談するだろう。おそらく、幻宗は反対するはずだ」

「なぜでございますか」

「幻宗が藩医をやめた理由にある。そなたは幻宗に反対されたら、この話を断るに決まっている。だから、藩の名を伏せたのだ」

幻宗が藩医をやめたのは誤診で藩主を死亡させてしまったからということになっていたが、実際は藩の混乱から幕府隠密に付け入れられるのを防ぐために、幻宗が犠牲になったという噂もあった。

「私を藩医にしようというのは、私が幻宗先生の弟子筋に当たるからですね。ほんとうの狙いは幻宗先生」

新吾は鋭くきいた。

「確かに、そういう面も否定はしない。だが、我らは幻宗をもう一度藩医にとは望んでおらぬ。そなたを幻宗の代わりとは考えておらぬ」

「宇津木さま。良範どのからもお伺いしました。あなたさまは、頑なに拒んでいた富と栄達を手に入れることは決して悪いことでないと思うようになったと。松江藩の藩医として活躍なされば、いずれ御目見医師の道も見えてきましょう」

喜太郎が口をはさむ。

「今、我が藩の藩医は三人いるが、みな漢方医だ。そなたのような若い蘭方医が必要なのだ」

治兵衛が熱く語る。

「なにも国表にて働いてもらうわけではない。江戸にて必要なときに診てもらう。特に、我が殿が江戸にいるときは毎日でも体調を診てもらう」

「宇津木さま。どうぞ、よいご返事を」

喜太郎が言う。

「幻宗に相談する必要はない。幻宗には藩医になったことだけを言えばいい。次回、返事をもらおう」

「はっ」

新吾は次回までに返事をすることを約束した。

数日後、一日の治療を終えたあと、新吾は幻宗に呼ばれた。

幻宗はすでに治療を終え、湯呑みの酒を片手に濡縁で休んでいた。

「先生、お呼びですか」

「杉浦さまは順調に回復している」

「そうですか」

医者としては安心しなければいけないのだと、新吾は自分に言い聞かせた。

「ご用人どのは肥後守さまに談判をし、肥後守家来待田文太郎を正吉殺しでの裁きを奉行所に託したそうだ。また、おせいどのを自害に追い込んだ責任は我が殿にあると仰っていた。傷が回復しだい、御徒頭の職を辞するという」

「そうですか。でも、御徒頭のあとを大岩主水さまが継ぐことはあってはならないはずですが」

「大岩どのの日頃の素行の悪さから、その目はなさそうだから心配ないと、ご用人どのが仰っていた」

「そうですか」

中間の八助も吟味与力の詮議で、すべてを正直に話したといい、これで徳造も浮かばれるだろう。

「新吾。香保どのとの祝言はどうなっているのだ?」

「もうじき、ふたりが住む離れが出来上がります。そうしましたら、ささやかに行うつもりです」

「そうか。玄朴が楽しみにしていた」

「伊東さまがですか」

「うむ」

幻宗は湯呑みを口に運んだあと、

「藩医の話は進んだのか」

と、きいた。

「……」

「どうした？」

「いえ」

「大名家の人間に会ったのか」

「はい」

「ひょっとして松江藩ではないか」

「どうして、それを？」

「そなたから話を聞いてから考えてみた。名を隠すのはわしのことがあるからだろうと思い至った」

「江戸家老宇部治兵衛さまにお会いしました」

「そうか。宇部さまは御達者であられたか」

幻宗は感慨深く言う。

「はい」

「藩医として迎えてくださるとのことでございます。特に殿さまが江戸にいる間は毎日、体調を診て欲しいと言われました」

「毎日……」

幻宗は表情を曇らせた。

「先生、何か」

「いや。で、どうするつもりか」

「お受けしようと思います。今後のことを考えれば、私にとってもためになることだと思います。もちろん、今までどおり、先生のところで働かせていただきたく思います」

「松江藩は……」

幻宗は言いさした。

「そなたが決めること。嫁をもらうのだ。心機一転、新しいことに挑戦するのもよいだろう。ただ、宇部さまがそなたに期待するのは……。いや、やめておこう。端から勝手なことを言っても仕方ない」

幻宗は何か懸念を抱いている。そんな気がしたが、新吾は松江藩の藩医としてやっていこうと心に決めていた。

たとえ困難が待ち受けようとも新しい道を歩むのだ。自分には香保がついていてくれる。だから、何も怖いものはない。新吾はそう思っていた。

本作品は書き下ろしです。

双葉文庫

こ-02-23

蘭方医《らんぽうい》・宇津木新吾《うつぎしんご》

刀傷《かたなきず》

2017年8月9日　第1刷発行

【著者】
小杉健治《こすぎけんじ》

【発行者】
稲垣潔

【発行所】
株式会社双葉社
〒162-8540 東京都新宿区東五軒町3番28号
［電話］03-5261-4818(営業)　03-5261-4840(編集)
www.futabasha.co.jp
(双葉社の書籍・コミックが買えます)

【印刷所】
大日本印刷株式会社

【製本所】
大日本印刷株式会社

【CTP】
株式会社ビーワークス

【表紙・扉絵】南伸坊
【フォーマット・デザイン】日下潤一
【フォーマットデジタル印字】恒和プロセス

ISBN978-4-575-66846-9 C0193
Printed in Japan